U0116798

美国国家地理学会

数码摄像

实用指南

美国国家地理学会
数码摄像
实用指南

[美]理查德·奥尔塞纽斯　著

秦　镝　译

NATIONAL
GEOGRAPHIC

目 录

对页：老式色彩条，通常出现在老式电视机节目开始时。

前一页：理查德·奥尔塞纽斯在中美洲尼加拉瓜国的一个山顶上准备拍摄一个场景。

前 言

约翰·布雷达（John Bredar），制片人、监制、美国国家地理学会特约撰稿人

具有讽刺意味的是，作为电视制片人、导演，我很少使用摄像机。在家里，我的妻子甚至因我用一台古老的 Hi-8 摄像机取代更先进的设备而责备我。但是，电视制作不是一个人的事情，而是大家共同努力的合作结果。在我为美国国家地理学会拍摄的 25 部影片的制作过程中，我总是与杰出的摄影师密切合作，共同制作出使影片主题明确的迷人影像和令人难忘的瞬间。

只有一次例外，那是在欧洲梵蒂冈拍摄一部时长为 2 小时的专题纪录片。拍摄前，我花了一年的时间来寻找拍摄的最佳位置和时间。这是一个很令人头疼的过程。在第一次与梵蒂冈的高层官员卡尔迪亚尔·诺埃（Cardinal Noe）会晤时，我就感觉到这将是一件多么困难的事情。影片中我需要的主要场景是一个人或一些人作为观众与教皇约翰·保罗二世在一起的采访。当时，梵蒂冈的官员们很害怕把摄像机放在健康状况不断恶化的教皇旁边。我对能拍到这一场景不抱任何希望。

然而，在我们拍摄了 3 个月后的一天，我在梵蒂冈的主要联系人在圣彼得广场向我奔来。"你绝不会相信！但是，你的确得到批准可以和教皇拍纪录片，现在就去。"在准备了一年，请求了 20 多次，拍摄了 3 个月之后，我们终于得到了想要的关键场景。

接下来的话令人更加震惊："只有一个限制，就是必须你去拍"。

突然，纪录片中的一个关键场景要出自我这双很不专业的手。我知道这场景应该是什么样子，应该有哪些镜头以及应如何顺应整部影片。但是，实际拍摄该怎样呢？这就是为什么我要和一名摄影师一起工作的原因。结果，对教皇的采访场景拍得非常好。我得到了关键的影像（大部分），摄像机非常稳。我们可以剪辑了。

而我在那天学到的东西，也就是你们今天所要学习的。首先，研究你的摄像机。使用哪种型号的摄像机没有关系，但如何使用它确实非常重要。问问自己为什么要拍摄某个事物，你是要告诉人们一个故事，还是要像现在在 C-Span 网络上看到的那样去记录一个事件？

如果你选择了拍摄故事的方式，就要像我那样工作。在拍摄的过程中，实际上，我的影片制作了 3 次。第一次，研究课题，写出制作拍摄脚本的详细方法（计划），这是我的拍摄大纲。第二次，带着我的拍摄大纲，与我的团队一起来到拍摄现场，这是我对影片的第二次制作。通常，这部分比较难做，特别是涉及到动物的拍摄时。但是你要尽可能地多拍。影片的第三次制作是在剪辑室进行。在这里，你能发现在拍摄现场所犯的所有错误，并了解大部分的拍摄过程。这是一个真正的制作场，因为没有你拍摄到的连续影像，就制作不出一部电影。最好的情况是，最后的版本看起来和感觉起来就像你头脑中想象的那一个版本。

把第一盘磁带卷起来前，最后要考虑的一个问题是作为一部好影像的关键组成部分，没有什么能超过声音。由于片中的讲述和恰当的背景音乐，影片中最重大的时刻适时出现。对你和你的摄像机来说，目的是使之成为影片的一部分，甚至使各个不相连的、普普通通但又如此真实的生活出现在影片或影像中。

我在美国国家地理电视台的同事们获得过包括 124 项艾美奖在内的 900 多个奖项。当理查德·奥尔塞纽斯（Richard Olsenius）准备出版这本书作为美国国家地理学会的一本摄影系列实用指南普及本时，我们别提有多高兴了。作为电影制片人，本身又是摄影师，理查德懂得如何分析摄像过程，并能够用清晰的真切语言描述他所拍摄的东西。希望你能赞同我的说法。

第一章
数码摄像介绍

1 数码摄像介绍

1964 年，代表 20 世纪 60 年代反传统文化的领军人物马歇尔·麦克卢汉（Marshal Mcluhan）预言，电视、照相机、电脑的发展将会并且永远地改变我们对世界的看法。换句话说，这些技术工具将会变得与我们的想法和所讲述的故事一样（或者是更加）重要。由此，诞生了"媒介就是信息"这句名言。

在过去的几十年中，动态影像无可辩驳地成为我们沟通的主要渠道之一。现在随着宽带互联网的产生，在我们面前又打开了另一扇门，正以令人兴奋且富有创新精神的方式向人们讲述、分享人类所发生的故事。同样重要的是，在过去10年中，曾经被少部分专业人士使用的昂贵的数码工具在尺寸和价格上都戏剧性地降了下来。现在，几乎每个人都可以用原来价格几分之一的费用拍摄影片。

在最近与厄瓜多尔和危地马拉签署的拍摄协议中，我可以配有一个装在座位下面的鹈鹕型小箱子，里面装有一台高清摄像机、20小时时长的磁带、3节电池、一个液压云台三脚架，以及一个电池充电器。我还塞进去一台800万像素的照相机，用于拍摄短小的突发影像。最重要的是，它是一台不比信用卡大多少的照相机，容易操作，可以为我的作品提供静态图像。

第一个挑战

在数码影像无处不在的今天，挑战不在于需要花多少钱，而在于为合适的项目选择合适的摄像机。我并不是说在选择摄像机时不用考虑钱的因素，因为我们很多人还没有多余的资金来购买所有新上市的摄像产品。然而，一台用过的新型摄像机也可以在市场上找到，能记住这点是很好的。像eBay这样的网站便可以令你拥有质量好、实用且

价格合理的产品。如果你准备拍摄，现在就开始吧。

下一个挑战是如何利用你的摄像机，以便能尽可能地利用所有新技术的优势创作出你的杰作。本书的目的不是让摄像成为复杂的技术练习，而是很简单地

iPod播放器和MP4播放器正在改变我们观看电影和影像的方式。

罗列摄像的操作步骤。我将告诉你：1. 怎样根据需要购买正确的产品；2. 摄像；3. 以符合逻辑的方式剪辑你的影像；4. 与你的朋友或世界上的人们分享你的影片。

事实是，大部分购买摄像机的人们心中只有一件事——而且通常都是——拍摄家人的成长过程，并与亲密的朋友及远在外地的家人一起欣赏。影像拍摄可以像打开摄像机开关记录一个事件一样简单，你还可以花费一些时间多学习一些简单的编辑软件从而使影片更有趣。现在，很多电脑上都配备这些软件。记住，今天一点小小的努力，可以省去日后观看时的很多烦恼。

第二个挑战

对那些准备通过努力使拍摄过程简单化的人们来说，必须具备丰富而有趣的影像档案。几年来，我拍摄了一些精彩的影像，获得了使用键盘和软件制作音乐的能力，拥有了很多渗透着我的努力的影像存储硬盘。与世人分享我的影像作品是一件令人兴奋的事情，因为用较新的小型摄像机、便宜的剪辑工具和普及的宽带网更可以很容易地制作它们。

不久前，在制作一部关于大湖的影片时，为了将我拍摄的影像剪辑为一个完整的影片并录制在3/4英寸的磁带上，我租了一套每小时300美元租金的剪辑设备。摄像机和录音设备大概有45磅重，我还需要一间屋子存放为该项目拍摄的录影带。结果，有不少很成功的影像片断在美国PBS电视台播出。可是，把这些影像资料录制到3/4英寸的磁带和VHS系统（家用录像系统）上，要做到经济、合算是不可能的。我只能为自己付出的心血和

手机照相机拍摄的影像可以马上通过无线网络的发送与朋友分享。

时间感到欣慰。 对其他小的独立制片人来说，要想将他们拍摄的影片拿到电影节以外的地方去放映也是很困难的。更不用说，我们大部分人最多只会拍一到两部片子。

数码技术的发展赋予了我们掌握和复制影片并保证影片质量的能力。通过用原来几分之一的费用复制录影带，现在我们有机会将影片发送到更多的媒体上。高质量的摄像机也使我们有能力制作出高质量的影片。

数码影像与大小屏幕都兼容。

作为初学者，学习观察和描述故事的最好的方法之一，是把注意力集中在摄像技术上，而不是购买最好的器材。

我相信，我们正在进入一个非常重要的时代，一个电子设备的科技魅力与故事制作的创新相互平衡的时代。历史上第一次，主流的电影公司不得不与越来越多的、新生的独立制片人共同分享市场。

学习的两种方法

学习数码摄像可以有两条途径。第一种方法是拿本书坐下来，认真阅读了解一些关于如何选购摄像机、拍摄和剪辑的基本知识。如果你最后放下书本去拍摄，这样做没有任何不对的地方。第二种方法更有刺激性——买一台摄像机，打开开关，找到操纵装置，遇到难题再去阅读说明书。我想，很多人使用这种方法学得更快一些。但是，这是最好的方法吗？你的目的应该是提高基本的摄像技能及增加对剪辑基本知识的了解。这样，你就找到了购买摄像机拍摄你感兴趣的人和地方并与其他人共同分享的真正原因。

关于摄像机发展的历史简况

我认为，了解一点有关摄像机是如何发展的知识，没有什么坏处。想象一下19世纪初出发勘测美国西部的人们，为了了解他们的故事，我们得站在俄勒冈遗迹的车辙上吗？答案是否定的。我们可以在某个专题片中通过对历史瞬间的思考来了解，这至少能满足我们当中那些用较大的设备和较短的磁带来学习这个专业的人们。

1956年，Ampex公司成功地设计出了一台机器，可以将使用摄像机在演播室拍摄的电视影像录制到磁带上。Ampex公司将一台机器以50000美元的价格卖给了CBS电视台，该台于1956年11月30日播出了"道格拉斯·爱德兹和新闻"的电视节目。这是第一个使用录像带播出节目的网络电视。尽管这些机器很大、很复杂，而且容易坏，但是这是人类发展中迈出的惊人的一步。制片人可以将事件录制在磁带上，以稍后重播来代替现场直播。大盘的磁带由3M公司生产，每盘售价300多美元。

近20年间，这种复杂的技术仅仅在电影制作中使用，而消费者仍然在使用16毫米胶卷和8毫米胶卷的摄像机。柯达（Kodak）公司没能很快地生产出新产品。直到1975年，当索尼（Sony）公司突破性地推出Betamax家庭录像系统，这种录像技术才最终普及至消费市场。产品一上市，就获得了成功。一时间，出现了大量的视频爱好者，他们学会了录像并随时可以观看自己录制的视频新影像。为了与Betamax系统竞争，第二年，JVC公司又推出了更多的小型家庭录像系统（VHS）投放到市场上。1988年，当索尼公司开始制造VHS播放器时，VHS系统获得了最后

在电影摄影机和摄像机出现以后短短的时间里，无论在摄像机的体积、重量还是质量方面都发生了极大的变化。左后方是一台Ikegami摄像机、右后方是一台带有400英尺电影胶片的16毫米电影摄影机、前面是一些比较现代的摄像机。

的胜利，Betamax系统被淘汰。

无论采用什么系统，人们看电视的方式都得到了永远的改变，人们用不着再去感谢电视制作人告诉他们什么时间可以看到一个特别的节目了。他们能够录下节目的片断，以后再看。现在，随着对电影需求的增大以及家庭影院的发展，这种愿望已经扩大到电影领域。

在电影制作人之间也发生了这种变化。1983年，索尼公司生产了一台可携式摄像机，但很重。有些人可能还会记得当年带领家人到科罗拉多大峡谷度假时，肩上扛着小箱子大小的Betamax摄像机，摇摇晃晃地试图使摄像机保持平衡，从而将家人的活动拍摄下来。2年后，索尼公司的工程师们开发出了手掌大小的便携式摄像机，它使用一种新型的8毫米录像带。

当时，虽然人们能够买得起小型摄像机，并从中获得很大的乐趣，但摄像机的影像质量却并不太好。然而，这一缺陷并没有阻止大量的商业制片人和消费者使用这些新型、轻巧的摄像机进行尝试和拍摄。由于这些摄像机的外观和使用的效果，制片人仍然在使用它们。它们实现了20世纪80年代广告商和制片人所追求的影像效果。

数码摄像机于1996年问世。索尼公司和佳能（Canon）公司生产了以Mini-DV为记录介质的数码摄像机。实际上，这些摄像机和摄像带看起来与原来的那些类似的产品一模一样。但在剪辑的过程中差别就立即显现出来了。在复制和剪辑的过程中，剪辑师们可以剪辑和重新编辑数码录像带，而并不会像过去那样产生图像的衰减和信号减弱的现象。剪辑师们还可以轻松地复制多套产品，而花费仅为过去的几分之一。

所以，现在制作视频的可能性无处不在。你可以用你的手机摄像机或者数码摄像机轻松地制作一个两分钟的短片。大型商店、照相机专卖商店以及网上商店都可以买到小型摄像机，惟一能阻止你的因素就是时间和工作。

摄像机也被艺术家们用作表现其艺术创作的工具。

宽带网打开了这扇门

视频的传播从来没有像今天这样迅速而简单。在独立制片人创造出高质量的节目，并以自己的方式播出的时候，网络电视公司和电缆公司却在迅速地改变它们的经营模式。高清摄像机与漂亮的等液晶屏幕结合起来，为大家提供了一种全新的观看体验。

在下一章中，在你们开始拍摄自己的第一个视频节目前，将会学习到各种摄像机格式及功能上的区别。但是在开始前，花点时间先研究一下有关剪辑的章节。你的朋友和家人都会高兴你这么做的。

第二章

选择合适的摄像机

2 | 选择合适的摄像机

20 世纪 80 年代，消费级摄像机还处在不成熟的阶段。而对一些小型的独立制片人来说，16 毫米的电影胶片更为实用。拍电影很刺激，但是，拍摄一部 11 分钟 400 英尺长的影片，胶片的费用十分昂贵。想要不按计划而随意拍摄，在资金上几乎是不可能的。那时，一部有好镜头的高质 16 毫米胶片电影摄像机几乎难以消费得起。现在，每当我把可拍 4 小时长度的 Mini-DV 摄影带装进口袋，肩上挎着轻巧的高清数字摄像机时，就禁不住高兴得笑起来。时代确实在改变！

数字影像打开了自我表现的大门，这是一个不再需要做抵押贷款就可实践的时代。

今天，消费级数字影像技术的发展提供了一些最尖端的数码摄像机，并且没有任何迹象表明这种发展的速度在减慢。苹果（Apple）电脑新的英特尔双核电脑和个人电脑都带有外置的影像介质配件，你拥有了用手指就可以创造出高质量的获奖影片的可能性。数字影像的普及已经有 10 年了。那么，数码摄像机都做些什么呢？简单地说，数码摄像机（DV）就是让光线穿过摄像机的镜头并聚焦于芯片形式的传感器上。传感器有几百万个光测元素或者说像素，它的表面接受到聚焦的影像后，把光、色值等信息转换成数字数据，然后以1/60秒的速度（因摄像机的不同而有所变化）传送给摄像机里面的数据处理器。摄像机将这些巨大的数据流压缩成易处理的尺寸，再转移到 Mini-DV摄影带、DVD、闪存或摄像机内的小型硬盘上。令人难以置信的是，工程师们把这些功能微缩到一个手掌大小的东西上；更令人惊奇的是，现在可以将这高质量的影像和立体声直接转移到你的电脑上进行剪辑和保存。

传感器的相关知识

　　电视摄像机或小型摄像机以各种各样的技术风格问世，而传感器或称为集成芯片是其中的一个主要元件。关于传感器，有3个因素要考虑：第一，摄像机使

　　当你开始拍摄时，要想取得高质量的影像画面，自然光是最好的选择。

用CCD还是CMOS？第二，有多大？第三，小型摄像机中有多少个芯片，你需要几个？

CCD或CMOS芯片

原则上讲，CCD（电荷耦合装置）传感器用在比较贵重的数码摄像机上，影像的质量比CMOS传感器产生的影像质量要高。CMOS（互补金属氧化半导体）芯片生产起来要便宜得多，通常用在不太贵的摄像机上。过去，CMOS芯片拍出的影像会产生低信噪比，但这些都在改进。

现在，用装有这两种传感器的中、低档摄像机拍出的影像在质量已经没有太大的差别了。

CMOS芯片在弱光条件下的成像效果很差（最近，佳能公司对CMOS做了一些很成功的改进，但CCD传感器仍然是大多数厂家的首选）。为简便起见，在本书的其他部分，除非特别指出，均指CCD传感器。

传感器越大越好吗？

不管是CCD传感器还是CMOS传感器都有不同的尺寸，标准尺寸是1/2英寸、1/3英寸，或1/4英寸。大多数的消费级摄像机上都有一个1/4英寸或更小的传感器。一般来说，传感器越大越好，因为它所含像素高，并且像素本身也更大。像素越大，对光、色的感应就越灵敏，同时也意味着信噪比较高。一个小的传感器也能包含很高的像素，但这就意味着像素本身必须更小。与较大的传感器相比，整个传感器对光、色感应的灵敏度就越低。从价格上来看，传感器越大，摄像机就越贵。

我需要几个传感器？

比较贵的专业消费级摄像机有3个CCD芯片，而且由于像素较高，因此传感器较大。有3个CCD芯片的昂贵摄像机的出现是有重要原因的。

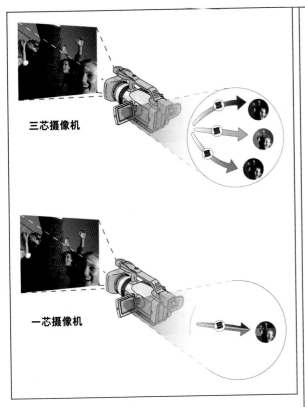

三芯摄像机

一芯摄像机

一芯摄像机必须把光分类输送到入红、绿、蓝色道，它输送的色彩信号要比三芯摄像机输送的质量差。三芯摄像机是三芯分别把信号送到每个色道。

　　无论是有1个还是有3个芯片，所有的摄像机都必须把图像转化成RGB（红、绿、蓝）通道数据。在有3个CCD芯片的摄像机中，处理过的色彩信号的保真度更高，因为进入的光被分成3个通道（红、绿、蓝），分别在各自的芯片上处理后获得最佳效果。不是必须要有1台包含3个CCD芯片的摄像机，但是大多数专业人士和认真的业余爱好者非常关注彩色信号的质量。

　　的确，3个CCD芯片的摄像机比1个CCD芯片的摄像机要好。但是，如果你只是为自己拍摄，或你的预算比较紧，那么1个芯片的摄像机就足够了。我曾经用索尼1个芯片的高清摄像机拍摄，很好用。与我的3个芯片的又大又重的高清摄像机相比，我对它的影像质量如此之好感到惊奇。

如何开始

决定你需要什么样的摄像机的一个好办法，就是把你对摄像机的要求写下来。摄像机的外观看起来都一样，况且，公司对机器型号的改变频率又如此之快，这使得你在离开商店之前，可能就会觉得在买一台过时的摄像机。

一张表格会对你决定需要什么样的摄像机有很大的帮助。通常，在购买中寻找最便宜的品牌的情况比寻找一台适合你的计划和你的电脑的情况多。你需要一台与你的编辑软件及电脑相匹配的摄像机，不考虑这些因素，它将严重影响你所完成的影片。

摄像机工业中激烈的竞争对消费者来说很有好处。今天，大多数摄像机的性能简直是没有什么可挑剔的。实际上，现在供应的消费级摄像机都超过了几年前使用的摄像机。例如，10年前，一台数码相机的价格近20000美元，而它所生成的图像只有300万像素。今天，你只需花不到500美元，就可以买到一台800万像素的数码相机。

研究性能

在摄像机中存在很多的不同点和可能性，记住把你所需要的性能列成表格。因特网是开始研究市场的好地方——查看厂家网站，研究最新摄像机具备哪些性能。查

你的摄像机需要做什么？

- 仅为个人使用，记录家庭事件？
- 记录朋友及一些事件，在博客或其他网页上共享？
- 需要将摄像机与电视连接吗？
- 追拍个人感兴趣的课题，在网上共享？
- 进行商业运作，为顾客拍摄录像赚钱？
- 制作录像发给别人或销售？
- 为更多的观众制作高清录像？
- 到好莱坞做制片人？

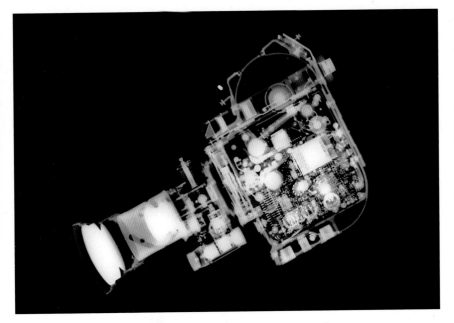

看第26页的网址，问问你所认识的有摄像机的人对他们选择的摄像机，喜欢什么和不喜欢什么。几年来，我在一些声誉很好的网上商店多次购买东西，我很少失望。而且，我常把我喜欢的摄像机与尼康、佳能、索尼作比较，看它们都提供什么新产品。要清楚，你在网上看到的摄像机都是最新的，而且它们当中有一些还没有到达零售商手中。

到当地的照相机商店逛逛，看有什么可买的，也不失为一个好主意。你经常能找到一个推销员，他会以一种你在网上得不到的方式就各品牌产品及其特点给你作一个很好的比较。提醒一句，留神任何看起来太好了而不像真的东西——它可能是真的。

花点时间看看你选择的摄像机的数据列表。到网上看一下简介和技术规格说明书，然后进行比较。

数码格式的区别

今天市场上几乎所有的摄像机都是数码的。当销售人员谈论DV时，他们大部分人说的是将视频数据或影像储存在Mini-DV带上的数码摄像机。1995年左右问世的DV——一项工业标准——现在已得到60多个生产摄像机及其配件厂家的支持。数据存储介质叫做Mini-DV，这是

小帖士：

你可以用来研究摄像机的网址：
www.dv.com
www.adamwilt.com
www.camcorderinfo.com

一种放在小塑料盒中的1/4英寸的带子，表面涂有防水金属，可储存11GB的数据量或大约1个小时的影像资料，其影像分辨率与专业数字Betacam格式制作的基本相同。然而，压缩在Mini-DV带上的影像在质量上与从价值40000美元的专业摄像机输出的影像数据还是不一样的，但是很接近。

DV是缩小老式VHS摄像机尺寸的一个主要因素。VHS摄像机——包括稍小的Hi8摄像机——使电视录像师看起来像普林斯顿新闻团队。近来，其他格式也走进市场，值得你去考虑。要记住，当推销商在吹捧数码摄像机的价值时，不是所有的格式都是DV。这些新的格式在

1995年索尼VX1000是出现在市场上的第一台轻便数码摄像机。

传输或储存连续影像方面的质量是不一样的。

存储的要素

摄像机如何将视频数据压缩到磁带、存储卡或光盘上——摄像机存储视频数据的3种方法——对最终的视频质量是很重要的。在购买摄像机前，你需要确确实实地知道你要买的数码摄像机的画面质量和可拍摄时间。

除了摄像机质量，我最关心的是可拍摄时间的长度以及储存视频影像的格式或介质（磁带、光盘或存储卡）会不会改变或消失？如果看着一抽屉的录像带由于摄像机及其格式不再存在，你和你的子孙们不能播放，该是一件多么可怕的事情。同样的情况也存在于16毫米胶片、Betamax、VHS、Hi8和其他老格式中。谁有播放这些过时的电影和录像的机器呢？

在你寻找摄像机及它们的格式时，把这些问题记在心里，不要找那些太新、太专业或不流行的。在这个技术时代，没有什么东西可以保证人们最后不买过时的机器。我的建议是，紧跟最流行的格式，即DV和Mini-DV，它已经流行了10多年并将继续在高端的专业消费级市场上成为人们选择的格式。Mini-DV带的传输系统非常稳定，能够容纳大量的视频信息，并撷取高分辨率的视频影像。

那就是说，你应该注意市场上出现的新格式。这些就是由佳能、索尼、JVC和其他公司通过精湛的技术工艺和新的影像压缩格式推出的小型高清摄像机。它们非常大众化。DV摄像机也使用同样的Mini-DV带——这是它们相似的地方。一旦你观看过通过HDMI（High-Definition media interface，高清）在大屏幕高清液晶电视上播放用这种高清（HD）摄像机拍摄的影片时，你会像我一样对这种新技术留下深刻印

Mini-DV带可储存大约1小时的视频资料或11GB的数据，压缩质量非常好。

新一代高清摄像机的价位从几百美元到几千美元不等。通常，你付出多少就能得到与之相应的机器。所以，一定要谨慎选择。

象。由于HD在视频格式市场上是一个新的开始，在剪辑和共享高清影像方面还有一些障碍需要克服。不过，由于它的迅速普及，我想这些问题会很快得到解决。

Mini-DV 摄像机

正如我指出的那样，DV是最成熟的消费级数码格式。由于它体积小、物美价廉，专业摄像师——从新闻记者到婚纱摄影师——在它刚出现的时候就立刻爱上了这种视频格式。尽管在过去的10年中，这些摄像

选择摄像机时，要检查记忆芯片的的数量、影像存储量的大小以及一些特别功能，它们能帮助你从众多的型号中找出你需要的摄像机。

机在体积和价格上不断地被压缩和降低，但大多数仍然具有许多令人惊讶的功能。

使用Mini-DV带拍摄的DV摄像机的一个最重要的方面是FireWire接口。FireWire将摄像机与电脑连接，并将撷取的影像传输给电脑（FireWire是由苹果公司赋予IEEE 1394接口的专有名称，其他厂商和电脑公司也将它称为i.Link或IEEE 1394）。这种连接系统对于我们当中那些使用质量差、压缩率低的老式型号将视频数据传输到电脑中的人来说，确实是一个令人惊讶的发展。今天，所有的影片剪辑程序都可以在Mini-DV压缩系统上进行。这是一种存储或复制影片而不会降低质素的多级共享系统。质素减少或质量下降通常在每次传输、复制或对类比影像加特殊效果时发生。

高端消费级摄像机通过Firewire 或USB接口与你的电脑连接，以便于下载你所拍摄的影像并进行剪辑和存储。

另一种格式——DVCAM——与 DV类似，但要求较大的录像带盒。一些DV专业消费级驱动既可以播放DV也能播放DVCAM，但对大部分摄像机而言，两种格式的带子之间是不能互换的。DVCAM格式撷取的影像质量并没有明显地比DV好多少。区别在于摄像机本身。DVCAM一般在配备有高质量镜头和传输系统的摄像机上播放或录制。这样一来，这种格式的摄像机就比较贵。一些摄像师说他们使用DVCAM格式撷取的影像数据丢失得更少一些。

当购买磁带时，我强烈建议购买摄像机厂商推荐的那种，不要买廉价的、不受商标注册保护的品牌。

DVD便携摄像机

如果你想要的只是以一种快捷、简单的方式拍摄家人的生活片段，并且不需要编辑就可以在家庭DVD上播放，这可能就是适合你的摄像机了，没有比这更容易的了。这也就是这种影像格式吸引人的一面——简单。

但是，它也有一些缺点。首先，3英寸DVD盘的影像储存量小，只能储存30分钟的影像资料（根据设定的质素而有所不同）。很多摄像机仅仅通过一根数据线与DVD播放机连接。这就不能很轻易地将摄像机与你的PC机或苹果机连接，并将影像数据下载到电脑中进行影片的剪辑（大多数的影片剪辑程序不能直接从DVD上撷取影像数据）。一些使用MPEG-2影像压缩格式的摄像机也不能传输DV格式的影像视频。

如果可能，你应该测试一下从摄像机中取出的DVD能否在你的家用DVD播放机上播放。

如果你只是拍摄后播放，那么用一张3英寸可播放DVD盘撷取影像是最快捷的方式。如果你想做大量的剪辑工作，这可能不是你最好的选择。

记忆卡和微型硬盘

一种新型的摄像机能把拍摄的影像储存在记忆卡或微型硬盘上（超小型硬盘）无磁带的摄像机是个很有意思的想法。由于闪存价格的下降，这种储存方式就变得非常合理。

无磁带的摄像机是个很有意思的想法。通过把一张卡片插到读卡器上而将所摄录的影像输入到电脑上的这种能力，使在网上或E-mail上共享影片成为非常简单的事情。然而，在电脑上剪辑这种影像格式仍然是一种挑战。而且，如果你珍惜你的工作，你必须勤恳地做好复制影片的存档工作。你也许会感到很惊奇，如果你不能很好地把它们有机地组织存储起来，这些视频会迅速地丢失。这种影像存储形式也是一种高压缩的MPEG格式，就像MPEG-1或MPEG-4一样。这种格式大部分的可能是320像素×240像素或640像素×480像素，这种影像可以放在你的iPod或手机中。但是，如果你想拍出高质量的影片或记录一些大事件与其他人共享，并质量要远远超过你在视频网站上看到的，那么这种摄像机还办不到。

如果你喜欢这微小技术，要清楚它的储存能量和你的摄像机所使用的影像压缩格式。

小帖士：

一定要检查摄像机使用的记忆卡类型。根据它能储存影像的时间来计算购买备用记忆卡的支出。相信我，如果你的家庭拍摄计划很满，你永远不会有足够的记忆卡。

数码摄像机

摄像机厂商将数码影像和静态图像的拍摄能力结合到一台摄像机里。由于摄像机越来越小，CCD传感器的分辨率越来越高，而所需的能量也越来越小，这些使得将影片和静态图像结合在一起成为现实。这种发展由于消费者的热衷而升温。这些消费者中，很多人都是伴随着宽带、高能电脑，以及像iMovie、iChat这样的简单软件成长起来的。网站上（如MySpace.com和YouTube.com）充斥着用这些摄像机拍摄的短片。

这些对你来说意味着什么呢？如果你想制作一部

高质量影片与家人共享或出于专业上的需要，那么，就需要使用一台专业摄像机。

不过，你要是想要一台混合型摄像机，你应该对市场上的一些新机型有所了解。例如，JVC 生产的 Everio GZ-MC505摄像机能拍摄500万像素的静态图像，带3个CCD影像传感器，可以在30GB的硬盘上储存以MPEG-2格式摄制、长达7个小时的影片，其画面质量可与DVD格式相媲美。此外影片和静态图像也可以被撷取并通过SD（secure digital）记忆卡传输到电脑上。

这是一个混合型摄像机的例子。在迅速变革的摄像机市场上，花些时间到网上搜索一下当前的发展趋势和技术状况是很明智的投资选择。但是，当前，我建议你把摄像机和相机分开放在你的摄影包里。

带硬盘录制系统的摄像机

曾经有一个时期，只有电脑才有硬盘。现在，随着摄像机的小型化，出现了一些配有容量为60GB或更大容量的无磁带摄像机。它能将MPEG-2格式的影像直接录制到硬盘上，并同时传送到磁带上。

摄录时间的长短因画面质量设置和硬盘大小的不同而不同。但是，即使设置为最高质素，这些摄像机也可以拍摄长达14个小时的影片。这种摄像机的最大特点可能就是能在摄像机上回放你拍摄的影片，而不用花时间去倒带检查。你可以在摄像机上删掉不需要的场面，从而在硬盘上留出更多的空间（由于所有的信息都储存在硬盘上，要特别小心不要将有用的信息也删掉）。

这种摄像机的缺点是当硬盘满了的时候，你必须停止拍摄。但是，如果你离家很近或电脑就在旁边，那么这就不是什么问题了。但是，在不断变换住所的旅行中，这可能就成为问题了。

从硬盘上将你的工作存档的一个方法是刻录DVD

作为备用。对于一部长达14个小时的影片来说，这可能需要13张以上的光盘和很多时间。我个人认为，Mini-DV带更易于拍摄和储存，即使它们在抽屉里可能会受潮，也没有任何标记。但你至少可以发现你把它们放在哪儿了。

轻便式高端摄像机为我们带来了一个从未体验过的世界。从进行水上表演的海豚到舞台上的演出者都"带着"这种高端摄像机。

HDC(高清)摄像机

不要再管我前边谈到的关于要小心对待你的摄像机的新格式和影像储存装置的问题。我们很多人在等待的东西出现了，它叫做HD（高清）。它就像第一台能够通过FireWire下载高质素影像并复制到电脑上一样重要，一样令人兴奋。

我在前面的章节中提到的摄像机，大部分是使用1个或3个CCD来摄制影像，影像尺寸不是640像素×480像素就是720像素×480像素。这些摄像机播出质量非常好，但它们输出的信号在新的HD液晶电视上播放的质

索尼专业消费级HD摄像机系列向消费者提供了拍摄专业质量影像的可能性。

量就比较差。当播放1920像素×1080像素的影像时，HD液晶电视的播放效果就很好。当你播放的视频分辨率比DVD格式高出4.5倍或更多时，效果更是惊人的好。

这些消费级HD摄像机撷取影像时，或采用逐行扫描，或采用隔行扫描，并以720P或1080i HD影像格式销售。用新的1个或3个CCD的HD摄像机拍出来的影像，其分辨率和色彩是令人惊异得好。影像质量大约在16毫米和35毫米胶片之间。我现在使用的Sony 3采用隔行扫描CCD的摄像机是采用新的HDV压缩系统来撷取1440×1080i影像的。

但也有手掌大小的HD摄像机，它们确实很好，尽管不能与那些镜头质量和性能很好的、昂贵的摄像机相比。我在尼加拉瓜和危地马拉拍摄使用的是这种小型HD 摄像机。

回家后，我在电影制片厂做最后的剪辑工作，并在一台40英寸的高清液晶电视上观看。我算了一下设备、拍摄和剪辑用的时间，我用不到 8000美元制作的影片的质量与在10年前用100000美元制作的影片质量一样。

为Windows提供的Apple iMovie和Adobe现在甚至为HD提供高端编辑程序的入门级版本。随着HD-DVD和Blue-ray播放机的投入市场，现在有方法以最高分辨率来共享和传播HD艺术作品。为什么它那么重要呢？是这样，任何超过20分钟的HD视频都不适合在标准的DVD上播放。要想在高清电视以最高分辨率回放这段精彩的影片，从技术上来讲需要一个平台。不错，你可以把它录到带上并把摄像机连到电视上。但是，如果你要把它传送到好莱坞，该怎么办呢？

由于HD是一种新的格式，确确实实需要一些时间和资金上的投入来学习和掌握它。你需要了解迅速变化的摄像机的型号，你需要拥有超大的硬盘空间、速度最快的电脑，你还需要花些时间学习、研究如何剪辑和共享你的HD作品。

性 能

不论摄像机的格式如何，现在大多数的数码摄像机看起来都是一样的，很多摄像机都有相同的按钮和功能。专业人士认为，其中很多都没有用。但是，有一些功能我认为是很必要的。

摄像机上最重要的性能是跳过自动设置的能力。当你失去了最佳的拍摄时间和拍摄点时，你可能想要用手动来操作。那就意味着，是你而不是你

在摄像过程中当需要跳过自动设置时，摄像机上的辅助控制设置能满足你的需要。

这是我用1个CCD的高清摄像机撷取的静态图像。拍摄时使用手动曝光。

的摄像机来控制曝光、聚焦和摄像机的稳定。

有许多场合需要你跳过自动聚焦，比如，你不能得到你想要的影像时。再举一个例子，在一个雾蒙蒙的早晨，你将摄像机固定在支在码头一端的三脚架上来拍摄在水面上啄食的蓝色苍鹭。在自动聚焦模式中，摄像机分辨不出烟雾弥漫的气雾和苍鹭的活动哪一个更重要，这时摄像机移进移出以寻找焦点。此时，关掉自动对焦模式就成为你的摄像机技术上很重要的一部分。

另一个要控制的重要性能是自动曝光模式。它是一个非常便利的工具，通常能捕获充分曝光的影像。可是，当自然光变暗时，摄像机会自动补光，这可能会降低影像的信噪比。起初，你会为摄像机能对较黑的屋子补光而感到吃惊。但当你实际上就是想保持光线暗淡和忧郁的气氛时，麻烦就来了。对于专业摄像来说，此时的光线以及如何把它用于表现你的拍摄风格是最重要的。

变焦镜头

厂商喜欢夸耀的另一个性能，是摄像机上的变焦功能。在购买带变焦功能的摄像机时，要找两个关键词：光学和数码。光学变焦意味着影像的放大倍数是通过将镜头设置调到变焦系数（通常在10X到25X之间）上来完成的。严格说来，这是镜头的物理功能，是变焦功能优先选择的方式。

数码变焦是电子戏法，当你使用它时，增加的辅助像素将一部分影像放大。这是数学运算，不是光学。因此，当你获得一个所谓的特写镜头时，其实画面的分辨率已大大降低。因此，我们很少使用它。

声 音

声音是你的影片中的另一个重要元素。花点时间，看看是否可以把麦克风连接到你的摄像机上。这要求摄像机上要有麦克风接口。通过标准接口和输入程序，将麦克风与摄像机连接。现有的机型可以通过摄像机顶部的外接麦克风产生声音。这通常是留作连接外置灯的地方。如果没有麦克风输入程序或接口，你就使用内置麦克风，那也不是什么坏事。

在中美洲，我使用我的新索尼HD摄像机。我没有时间摆弄外置麦克风，而是使用摄像机的内置麦克风，声音非常好。我早期使用的大部分摄像机的内置麦克风质量都很差，把所有不需要的外部杂音都录进去了，其中还包括摄像机自身发出的声音。如果你在一间很安静的屋子里，你能听到磁带在转动的声音。

今天，带闪存的摄像机避免了磁带转动的嗡嗡声。

但是，内置麦克风仍然撷取了摄像机对焦和变焦的声音。你的手在摄像机上的每一个小小的动作，都会传到麦克风。最令人讨厌的、最糟糕的是，摄像机背带或镜头盖在风中摆动的声音。这种情况大多数初学者都忽略了，直到他们播放影片的时候才发现这令人讨厌的声音从头到尾都存在。大多数摄像机的麦克风甚至对轻微的风声都很敏感，这可能会使影片中的声音受到干扰。

如果你打算花很多钱买摄像机，或你被雇佣去拍摄一个重要事件，你可以使用超指向性麦克风（shotgun）或无线立体声麦克风来撷取声音。小型的超指向性麦克风用于撷取重要的声音元素，如野生动物，周围的背景声音、谈话或对话的声音。超指向性麦克风是细长型的，它的敏感集中区可以让你收集到你所指的方向传来的声音，以降低或避免来自其他方向的、你不需要的声音。使用防风罩和消噪音阻尼器，可以使声音的质量和清晰度得到大大改进，并且

手动对焦能够帮助你避免在有人或物穿过摄像机镜头时造成影片中焦点的转换。掌握了这个技能，便是向更加专业化迈进了一大步。

低劣的声音会毁了你完成的影片。超指向性麦克风（上）或颈挂式麦克风（下）那样的附加设备，有利于将外部噪音减到最小。

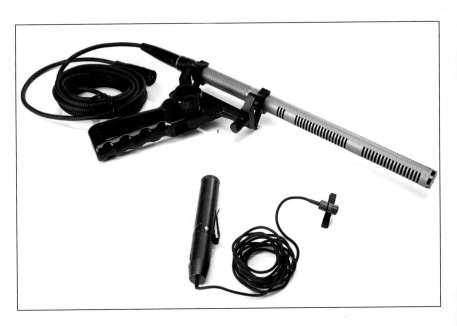

减少了在剪辑的过程中校正声音的时间。

再一个要考虑的重要声音器材是无线麦克风。无线麦克风对采集特写镜头中的声音，如演讲、结婚誓言等非常有帮助。如果你要录到能很清楚容易辨别出来的声音或话语，使用超指向性麦克风或无线麦克风是很必要的。

无线麦克风系统，包括连接在被摄体身上或放在其附近的麦克风话筒，一个插在摄像机声音输入接口上的小接收器。有一些摄像机可以将无线麦克插在立体声道上，然后在另一个接口上插上第二个麦克风，如超指向性麦克风。你可在两种声源中进行剪辑或把它们混合在一起，从而使影片的声效更富于层次感。

在购买外置麦克风前，你要清楚你的摄像机上能连接什么型号或插口的麦克风。消费级摄像机——如果它们有麦克风输入接口——基本上使用两种插头。较便宜的摄像机使用在iPod、CD播放机上插耳塞的那种，高端的DV和HDV摄像机使用的是三针式XLR插头。XLR是一种比较大的插头，能够使输入平衡并

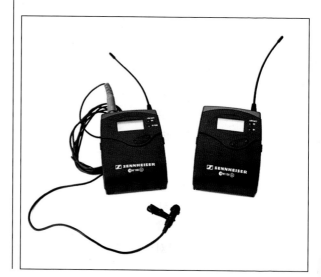

安装在摄像机上的无线麦克风（图左）和接收器可使你没有障碍和距离的限制，自由移动。

消除杂音和其他的线路噪音，特别是当麦克风线连得很长的时候。

静态照片

现在很多摄像机具有拍摄照片的能力。摄像机的这种静态摄影功能有时可以帮助你出色地完成任务。需要在旅馆的房间里通过 E-mail 尽快发送一张照片吗？我知道，我正在回到关于使照相机和摄像机分开的话题上。但是，对于一台能够用于所有目的的摄像机，这点值得考虑。

现在有不同容量和大小的电池可供选择。坚持使用厂家为你的摄像机型号特别生产的品牌，这是保证兼容性和性能的一项小小投资。

辅助光

稍后，我将详细讲解用光的问题。但是要记住，辅助光对于拍摄出高质影片常常是必要的。没有什么比你打算在一个没有窗户的、黑乎乎的大厅里拍摄更糟糕的了。如果这里有一些额外的光线，情况就不一样了。它可能不漂亮，但你可以拍到你要的东西。记住，大多数的摄像机外壳顶部都有一个接口可以接一盏辅助灯或麦克风。这种小摄像灯对于拍摄往往是有用的。但是，就像使用相机的内置闪光灯一样，这种灯光会使拍摄对象显得不自然。不过，你应该准备一盏灯，在光线很暗的情况下或晚上拍摄时使用。

夜摄模式

另一个功能有限但在某些场合是很有用的灯光设置是摄像机的夜摄能力。当影片拍摄者不愿在拍摄时因强烈的灯光引起别人的注意时，我们常常会在影片的画面中看到一些怪怪的绿色影像。这是由于在认摄模式中，摄像机发出人眼看不到的红外线光，从而使摄像机可以在全黑的情况下记录影像。当然，影片颗粒粗、发绿，而且对比度很大。但对某些专题或氛围的拍摄来

要知道，一些声音器材和外接麦克经常使用XLR接头。而很多摄像机的外接麦克风只是用微型插头。这时需要一个转换接头。但实际上，这可能是不为摄像机接受的一种连接。

说，不失为一种选择。

电池寿命

我们生活在一个由充电电池驱动的世界中。电源是拍摄影片最基本、最重要的方面。在过去10年中，电池技术有了极大的进步。我曾经为我的3/4 Ikegami 摄像机配有一组电池，比4台HD 摄像机加在一起还要重。这组电池可以拍摄7个小时，比今天使用一小块电池拍摄的时间要短。但是，如果你没有合适的电池能源，你就不能拍摄影像。因此当选择摄像机时，检查一下标准电池的尺寸、型号以及可支持摄像机运转的时间是非常有帮助的。更重要的是，如果你打算在寒冷的条件下拍摄你的周末滑雪旅行，一定要带备用电池。一个12伏的船载或车载转换电路可以用于在路上为电池充电，这也是个特别便利的方式。

光学影像的稳定性

对于手里只拿着摄像机的人来说，有一个叫做摄像机影像稳定的图像辅助装置。它能极大地降低手持摄像机拍摄时的抖动并避免撷取一些无用的影像。关于这一点，我将在第三章中详细地讲述。但是，如果想选择带有这种功能的摄像机，你需要了解在消费级摄像机中有一些不同类型的影像稳定装置。它们可以分为光学稳定装置和数码稳定装置，其差别与光学变焦和数码变焦之间的差异相似。光学稳定装置是从光学上利用镜头元件等使影像保持在中心位置或稳定。而数码稳定装置是在影像被撷取后，利用该帧图像外的像素作为减震器来移动影像。一般说来，光学稳定优于数码稳定，但都需要有选择的使用。熟悉你的摄像机，学习如何尽快地关闭这种装置。

连接性和电脑

如果你打算在你的电脑上剪辑你的影片，你的摄像机要有FireWire或USB 2.0数据接口，从而将影像下载到电脑的硬盘上。注意，FireWire连接有很多叫法，但要注意IEEE 1394的兼容性。这是FireWire连接的工业标准。若你计划购买一台带硬盘或闪存的摄像机，你仍然需要将数据下载到你的电脑上。现在，我要提醒你，老式摄像机内存很小，没有FireWire接口，而且小小的硬盘会削弱你要对所拍影像进行剪辑的愿望。软件和电脑的发展像摄像机的发展一样快。如果你想购买最新的摄像机，就准备更新你的电脑吧，同时还要检查设备的兼容性。

液压云台三脚架

一个好的三脚架可能是你的设备中最重要、最有用的附件之一，是使你的影片从业余水平晋升到专业水平最快捷的方式之一。家庭影像中最糟糕的一件事是"晃动不定的摄像机"综合症。当然，很多纪录片和电影都

为了平稳地拍摄风景片，特别是远摄时，需要使用液压云台三脚架，还要注意防风罩（图中灰色、带绒毛的盖）。

许多人选择用手控制摄像机的稳定。影像的稳定性使这变得更易于接受。但事实是大多数的手持摄像机拍摄的影片晃得如此之厉害，除非你自己能耐心地看下去，否则没有多大价值。

是"手持"摄像机拍摄的。但是，当你看到摄像机横摇拍摄风景的场面时，一个液压云台三脚架可能就在摄像机下面。

液压云台三脚架不同于一般的相机三脚架。因为它可以使摄像机上下（摇摄）、左右（横摇）移动时，动作缓慢、流畅而稳定，不像一般三脚架那样会产生跳动，而且大部分液压云台三脚架都有可调弹簧装置。但是，即使你不使用横摇或直摇进行拍摄，拥有一个好的三脚架，也会使你拍摄出稳定、引人入胜的影片。

你可以在液压云台三脚架上花费比摄像机多一些的资金，所以一定要到周围去寻找。如果你拥有一家商店，且这家商店存有几种品牌的三脚架，那么你将处在赢家地位。在因特网上浏览，也会有所帮助。记住头等重要的规则：通常你得到的是与你的支出相等的东西。如果你在网上购买，要算出再保管费用是多少，以便在你不喜欢你得到的东西时将其退回。如果由于你想拥有一个感觉最好的三脚架，你打算试用并退回一些型号，你需要把这笔开支纳入你的预算。拥有或使用一个带快速拆卸板的三脚架是非常方便的事。当你拍摄影片时，你需要能够很快地将摄像机从三脚架上拿下来。

当购买三脚架时，重量是要考虑的一个主要因素。寻找与你的摄像机相匹配的、最小最轻的三脚架，并且最好是碳素纤维腿。如果三脚架太笨重，你不大可能拖着它到处跑。另一个重要性能是球式云台和水准器。当你支上三脚架在农村拍摄全景时，你需要一个水平三脚架，以保持流畅的水平摇镜。球式云台和水准器可令你迅速展开工作，轻松地找准水平镜头。所有这一切听起来有点多，但是，拥有一台轻便且具备上述性能的三脚架，的确是一件令人欣慰的事情。

结　论

最后在你决定购买摄像机时，要记住，拍摄出好的影像片不在于你花多少钱去购买一台摄像机，而在于你思考了多少，并在这个过程中花了多少努力，这才是真正重要的。如果你了解你的摄像机，并以最大的创造力掌握熟练的拍摄技术，你一定会拍出你和其他人都喜欢看的影片。

拍片的过程是继续学习的过程

当詹姆斯·巴拉特（James Barrat）与他的团队到现场拍摄纪录片《犹太的福音》（The Gospel of Judas）时，他是摄影制片人。他的职责是指导他的员工、摄影师、音响师以及助理制片人。每拍一条他都要检查，以确定他们拍到的就是他需要的。当预算超支时，巴拉特拿起摄像机，自己拍摄了一些B-roll镜头。

"在这个行业里我喜欢这么多的事情，除了电视制作之外，我还做一些其他的工作。"巴拉特解释说，"我在美国华盛顿是剧作家。一个同事让我帮他为美国国家地理学会写一本关于坦克战的电视脚本。"那部电影的制片们认为巴拉特就是为电视写作而生的。

接下来的几年里，巴拉特为美国国家地理学会和学习频道写了另外一些电视脚本。"为电视片写作把我引上一条不同寻常的道路，"巴拉特说，"一些人是因为摄影而成为制片人，而另一些人最初的工作是编辑，也许这是最好的途径。但是写脚本也是一件很好的事情，因为你懂得如何编故事，并把故事情节连在一起，进而制作成一部电影。"

他的工作让他走遍了全世界：为《探索》（Explorer）节目系列创作故事情节；为《阿富汗丢失的宝藏》（Lost Treasures of Afghanistan）写剧本；为发现（Discovery）频道写脚本并导演时长为一个小时的纪录片《伊斯坦布尔阴谋》（Intrigue in Istanbul）；为联合国教科文组织的世界遗产系列在中国拍了3部片子。

巴拉特坚持认为，他工作中最重要的部分是不断研究和学习。这帮助他创作脚本结构，也帮助他在同事到达之前观察地形并找到合适的拍摄条件和地点。"如果你不努力去为你的故事了解各项事情，与你工作的人立刻会知道

詹姆斯·巴拉特（图左）在纪录片《犹太的福音》拍摄现场看视频监视器。

你为这个故事付出了多少努力，那结果是很不一样的。相信我，"巴拉特说。

他又补充道："你真的可以成为一名好学的学生。"通过学习研究，把自己放在每个故事当中，巴拉特有机会与世界上顶尖的思想家共度时光。"我总是对每个故事付出我最大的努力，而当我不再为故事感到惊奇时，我开始制作。然后把它放在一边，开始一项新的工作。"

第三章

拍摄你的录像

3 拍摄你的录像

人类与其他动物的区别之一，便是我们需要反映和记录我们的生活。我们大多倾向于使用视觉影像的方式来记录，如拍照片或摄像等。如果你有幸看到这些记录片，你就会了解到这些家庭所喜爱的、感兴趣的，或曾到过的地方等。所有事情就在那儿，有待你去发现。但是，这些记录真正吸引我的地方，就是如果你将拍摄的所有这些影像瞬间衔接在一起，从一家到另一家，一个城市到另一个城市，一个国家到另一个国家，你就会感叹，这种影像的叙述功能是多么强大，这个拍摄过程对于保存我们的幸福瞬间是多么至关重要。

当今，我们看待事物的方式正发生着戏剧性的变化，我们可以共享我们的瞬间和记忆。一家人聚在一起，坐在沙发上看影集的时代，可能已经或几乎已经过时了。当今或今后的家庭更有可能的是围坐在大屏幕电视前，观看刚从麦克大叔手提电脑中下载的他的非洲之行。或者是观看当天下午，麦克大叔用他的新型高清摄像机拍摄的、他侄女莫尼卡的钢琴演奏会。当今，随着网络邮箱的发展，拍摄的影像以及商务事件，随时可以与世界其他各地的人们共同分享。随着网络、电脑的发展和相对较低的资费，社会达到了视频联络的新水平。对于我们来说，高质影像已成为现实，惟一的限制在于你自己。

在所有的这些技术进步中有一件事没有变：好的摄影仍然需要有思想的、熟练的拍摄工作和奉献精神。组织和剪辑你的影片不是一件简单的事情，你需要学习技术。

我知道你能做到，因为数码影像新世界太令人兴奋了。所以，带着这本书，坐下来学习一些基本知

识，很快你会使你的影片更专业。

开始摄像的精神准备

首先，摄像与使用照相机拍摄静物是完全不同

外出度假，准备数码摄像机时一定要带够电池。

摄像就像盖房子，一次搭一块板。在拍摄一场校足球队比赛前，事先要做出计划，这样你就可以在稍后的剪辑过程中有很多不同的可选用的影像资料。

的。举一个简单的例子，摄像就像盖房子，是一点点搭建而成的。最初，水泥、木料跟建筑并没有什么关联，然而，在建筑师的头脑里则会产生一个组合的方案。建筑的过程是复杂的，经常也是令人沮丧的。但是房屋逐渐的有了雏型，建筑师的想法得到了实现。这与摄像是一个道理，前期的拍摄和剪辑也是复杂而枯燥无味的，有时甚至会打消你创作的动力，你会说："我只想拍摄画面，不想成为电脑狂人。"

我理解你们的心情。要想拍好录像，首先要考虑你想拍摄什么以及怎么拍，也就是要事先考虑构图、音效、动作，灯光等。同时也要注意电池、滤镜、三脚架、麦克风以及其他器材。如果你只是刚刚拿起摄像机的话，这些确实都是需要注意到的。摄像跟拍摄大画幅照片一样，要注重技术元素，简单的道理就是熟能生巧。

自从电脑的剪辑修改工具出现之后，人们经常产生一种想法——"在以后剪辑的时候再处理吧"。实际上，"种瓜得瓜，种豆得豆"，电脑所输出影像的效果跟你最初录入的品质是相当的。确实，你可以校正音效、对比度以及色彩平衡方面的问题，但是这章的目的是教你如何准备和避免这些问题，从而剪辑出更具有技术含量的录像，使你的录像可以吸引人们围坐在电视或大屏幕前观看。

准　备

现在你可能理解了，我正试图把你带到一个你也许不打算去的地方。这本书是专为那些想在摄像方面有所造诣，并且真心想在当今的数码影像时代掌握这项技能的人而设计的。如果你有这个想法，在出去拍摄主题或家庭活动之前，要把握两件事情。

第一件很简单，熟悉你的摄像机；第二件，根据

要拍摄的主题，组织思路。前期花时间学习摄像方面的拍摄技术，对拍摄出好的影像有很大帮助。你会发现，摄像包含有许多种视觉叙述的表现形式，充满着挑战和乐趣。

了解你的摄像机

如果你刚刚打开包装拿出摄像机，第一步是去熟悉那些你最感兴趣的功能。拿着它，我们中的大部分人很少会看说明书，并且想马上拍摄。我承认，我经常也是这样。因此，你在摄像时就必须将摄像机设在自动模式上。相信我，如果你不花时间去了解这功能齐备的摄像机，你可能永远也不会彻底地了解它。甚至一些的简单功能，如录像和取景器的切换就会令许多人挠头。摄像机的许多功能都很难发现，一旦你找到了，你也不知道如何切换和关闭。如果你在朋友的退休派对上摄像时才发现问题，那就太晚了。

首先，不管怎么样你都要坐下来，认真地了解你的摄像机。因此，让我们一起来学习如何打开和关闭影像稳定器和你要关闭它的原因。接下来，让我们共同了解设置白平衡的重要性，然后了解为什么要在自动对焦和手动对焦之间进行切换。最后，让我们一起来检查一下自动设置功能，至少了解一下在这复杂的菜单中它们在什么位置以及如何设置。

许多新型摄像机的菜单是触摸屏的。确实，这是一个很好的功能，但有时这显得并不是太直观。假设在拍摄重要的活动时，你试图通过屏幕的菜单设置关闭自动对焦，这将会很慢而且繁琐。

要遵循的一个简单原则，就是一定要随身带着使用手册。相信我，即使是专业人士也未必对屏幕上所有的菜单了如指掌。你一定不想在拍摄中突然发现你记不清如何更换录像带，或者发现无意中设置为夜摄模式而你却不知道如何将它关闭。

基　础

　　为了简单起见，我把数码摄像机的拍摄过程分成两种形式。第一种是从书包里把摄像机拿出来，然后开始拍摄，通常被称之为"跟拍"。你并不去考虑后期剪辑、拍摄质量或者拍摄风格。你或停或移动，拍出来的效果就像什么人在用院子里的水管灭火一样。这就是摄像中快速取材的一部分，摄像机不再放在固定的位置上对着一个情景拍摄。再一个，这种形式叫"业余"，用大写A来表示。但是令人惊奇的是，大部分网络录像都是使用这种形式，而一些专业人士也会适当地采用这种形式。多么不正常的现象呀。

　　就像你猜到的，第二种形式是需要深思熟虑的。它需要在你拍摄之前对想要拍摄的情景有个详尽的规划。要学会本能地按照程序制定计划、拍摄，最后按照你的目的编辑情节。不管你是练习"跟拍"还是有计划地拍摄，都要如此。

　　这一章剩下的部分是让你了解一些基础的并且已经约定俗成的拍摄技巧。如果你在拍摄中能够注意到这些，那后期的剪辑工作将变得很轻松，你也可以从

拍摄之前需要做的工作

1. 在拍摄之前，仔细阅读摄像机的使用手册。
2. 将摄像机的音频（如果可以）设在16位，48千赫，这对后期的剪辑工作很有帮助。
3. 掌握手动与自动操作的相互切换。列一个简单的步骤表，这样你可以随时抽出来回顾一下。掌握在完全混乱的情况下，如何把所有设置还原为自动设置。
4. 携带足够的磁带、DVD、存储卡和电池。每个人都要节省地使用电池，因为那个小小的锂电池很贵。我向你保证，当你在拍摄女儿的演奏会时，如果电池突然没电了，那会是一件很尴尬的事情。
5. 购买备用的电池和磁带。

观众的反应中得出结论。

一个漂亮的新型摄像机，不考虑拍摄形式，你首先要做的就是开启摄像机，使用自动模式然后拍摄。这时，摄像机会自动对焦、调节白平衡以及调节曝光。音效则需要根据环境调节。确实，摄像机的这些功能已在速度和准确性上在过去的几年中有了很大的改进。

然而，在许多情况下，使用自动模式进行拍摄并不好。有些时候，摄像机不能调节到你想要的效果。这些情况里面充满着可变因素，但最主要的就是非常规的取景和对焦，如在光线较暗的环境里或者你为追寻一种特殊效果而使用不同的快门速度和镜头设置。通常，要想得到特殊的效果就不要使用自动设置。所以，鼓起勇气，将设置从"自动"模式调到"手动"模式，跟随我到章节的下一个部分。

控制摄像机

摄像师至少需要在4个层面控制摄像机。创作的挑战就是你需要同时考虑这些层面的问题。经过不断地磨练，使创作和技术相结合，从而成为一名真正的专业摄像师。那么，这4个层面是什么呢？

1. 掌握基本设置：通过调节光圈和快门速度来控制进光量；调节摄像机的白平衡以达到预期的拍摄效果；掌握如何手动对焦和关闭影像稳定器。

2. 控制光：利用光来提高影像质量。包括控制和解读自然光；懂得什么

在开始很重要的旅行或拍摄前，一定要花些时间研究摄像机，你要了解如何在自动模式和手动模式之间进行切换。

时候补光和补什么光（柔光还是强光）；掌握并运用色彩平衡。

3. 采集声音：有效的使用摄像机自带的麦克风和外接麦克风；掌握在拍摄外景时如何提高声效。

4. 拍摄情节感：使用创新的角度、透视的取景方法以及有趣的画面来阐述你的故事。同时，适当地使用横摇、直摇和变焦等拍摄技术。考虑情节发展和机位变换等。

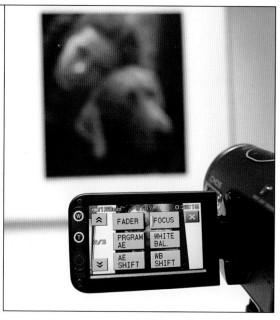

成为一名自信的摄像师，第一步就是很从容地关闭自动设置。例如，透过房间的露台，你正在聚焦路易斯湖早晨的风景。你架起三脚架，开始慢慢地摇摄湖面。这时，摄像机突然因波光粼粼的水面失去了焦点。由此拍摄失败，你不得不从头开始。这些挫折问题都不大，只要将摄像机设置为手动聚焦，你自己就能够控制它。你要感觉更加专业，毕竟，你已在摄像机上和旅行中花了很多钱，为何不带回些短暂而又美丽的精彩瞬间呢？

熟悉白平衡的作用，常常会令你在影像质量上获得满意的结果。在自动模式时，摄像机根据平均光线、平衡来调节影像，并使之和谐。

光圈、快门速度和增益

为了获得光的层次感或达到用摄像机记录数据的水平，要精通光圈、快门速度和增益这3项控制。光圈设置用来控制穿过镜头的进光量；快门速度用来控制曝光时间；增益是拍摄过程中对影像增加额外信号。

如果摄像机处于自动模式，则其自身就会为你设

我在危地马拉制作拍摄计划时，有许多决定要做：构图、景深、曝光、三脚架类型等。而且，我不得不细心考虑在疾风下的声音质量。

置好一切。但我们的目标是学会如何手动控制这3项设置并评价最终成像的水平。你若想第一次阅读就掌握这门技术，那么就坐到教室的前排来吧。

了解光圈

现在就让我们来探究如何手动控制摄像机的光圈。光圈是镜头的内部器件，通常为圆形，用来调节或限制穿过镜头到达摄像机胶片或传感器（或者是CCD或者是CMOS）的光的数量。

在光线条件保持不变的情况下，使用均值设置的自动光圈控制常常能获得令人满意的效果。但是如果一个穿着白衬衫的人走进画面，或光线从窗台慢慢照进画面时该怎么办？这些变化将影响你的画面质量。在自动光圈设置下，摄像机会随着光线的变化自动进行调整，但这种调整可能会使摄像机拍摄时出现曝光不足或曝光过度的现象。

你需要控制摄像机曝光的另一种环境，就是夜景或人造光线下的场景。假如你关灯准备向妹妹赠送生日蛋糕。在生日聚会上所要做的，是在黑暗的屋子里捕捉到那些被生日蛋糕上的生日蜡烛映出来的一张张笑脸。在妹妹吹灭生日蜡烛的一瞬间，你要捕捉她脸上的烛光。如果摄像机是处于"自动"模式，它会提示"光线太暗，应补光"。摄像机很可能将虹膜设置为最大，并在画面上增强信号，从而制作出一幅不自然的、杂乱无章的场景。而手动控制光圈就可以调节曝光，这样，你就能保证在蜡烛和人脸上的曝光量，而不是让摄像机按照整个房间的光线来调整曝光，从而创作一幅更清晰的图像。

在类似生日烛光的宴会场景下，确定最佳曝光度的一个简单方法，是先在"自动"模式条件下看看摄像机里显示的画面，然后转换成手动模式，逐渐调节光圈直到能看到清晰的烛光下的笑脸为止。

光圈控制在什么位置？

一些摄像机的侧面有一个光圈滑轮而一些摄像机则在镜头上有一个光圈调节环。还有一些新式掌上摄像机，使用触摸屏就可以完成所有设置。触摸屏看上去很酷，但要快速地调整设置却很麻烦。花几分钟找到你手中摄像机上的光圈控制，并学习如何进行手动调节。

快门速度

大多数照相机都有快

一些摄像机，如日本JVC公司的这款高清摄像机，将手动聚焦和光圈控制置于机身侧面。

门——用来控制曝光时间的一种机械装置——可以通过开与闭控制光线胶卷或传感器上的曝光时间。快门速度以秒为单位，用分数来表示，如1/15秒、1/30秒，甚至还有1/2000秒等。如果需要，开启快门的曝光时间可以长达几分钟或几小时。

当今的数码摄像机不同了，因为它通过电子设置的快门速度来控制传感器记录每一幅画面信号的时间长短。除了调节光的层次外，快门最重要的作用是保持录制的每一张画面的清晰度。为形成每张录制画面的影像运动数量叫做动作模糊（motion blur），它十分影响影像的视觉效果。

好莱坞电影通常使用35毫米胶片，并按照24张/秒的标准拍摄。因为快门速度相对较慢，每张画面就会产生一定的动作模糊。换句话说，就是使一张片子更加平滑地过渡到另一张片子，从而形成电影效果。很多录像在拍摄时设置了很高的快门速度——1/60秒，或更快——所以任何动作都显得很僵硬。这被一些摄影师所喜爱，但也为很多人所憎恨。

好的光线条件和适当的曝光会使你的录像更加专业。如下图，当把摄像机设置在自动调节状态，它会根据房间黯淡的光线进行调整，结果制作出一幅褪色了的全景画面。

如果你的摄像机允许，努力尝试将快门速度保持在1/30秒，让光圈滑轮作为可控参数来设置适当的曝光值。如果现有的光线超出了摄像机光圈滑轮所能设定的范围，你可能还要用到工具箱里的中性滤光片。必要的话，可以将摄像机重新设为自动模式，让其自动调节光圈和快门速度。我知道，对于那些只想收集自己女儿毕业典礼的录像的人们来说，这样做有些烦琐。但对于想制作一个特别的录像的人们来说，稍慢一些的快门速度和稍小一些的景深有助于弱化影像的边缘。这种方法甚至会给你拍摄其他事物提供一些启示。

小帖士：

在录制前，用小的、不易看清的液晶显示器对焦，变焦拉近物体，对焦，然后变焦拉回期望的画面。

增 益

有些摄像机还会提供自动增益控制，即当信号或光量降低到一定值时，它将增强画面信号。还有些摄像机允许手动增益功能以帮助渲染场景，但通常要以牺牲影像质量为代价。这种增益调整以分贝（dB）计量，A+3dB是指对原录像信号增强两倍，+10dB就是10倍于原录像信号。

将摄像机转换成手动曝光模式，稍微缩小光圈，这样烛光就不会在全景画面上曝光过度，从而创作出一幅更加真实的场景。

对于任何事情，有所得就必有所失。当摄像机增加了增益功能，它同时也增加了影像中的噪音。还记得过去使用过的感光快速胶片吗？每增加一档或两档，同时也意味着增加了噪音。大多数摄像师不愿使用摄像机的增益功能，而是选择添加闪光灯、重置景物或拍摄阴暗影像。但是规则是用来打破的，不是吗？看看现在一些录像中出现的那些充满能量的增强效果和过于饱和的色彩，它们好像在说明着什么。

景　深

小型数码摄像机的特点之一，就是在正常光线下的景深很大。聚焦中的任何事物，从近距离的物体至远处的风景，看上去都边缘锐利，画面单调，常常很不讨人喜欢。

下次你去看电影或看DVD，看看怎样拍摄才能得到非常小的景深。这里，导演将焦点放在他关注的事物而虚化了背景。这种电影摄制中使用的"选择性对焦"技术，会让你的录像看上去更加专业、更像电影。但是，如果摄像机以小光圈设置自动调节光线，结果造成很大的景深该怎么办？

一种方法是，手动调节摄像机的光圈，缩小景深。你可能会意识到，这样做会使影像超出你所能接受的曝光值或导致快门速度过高。最简单的解决方法，就是在镜头上使用中性滤光片，将其置于镜头前。在镜头前可以放各种滤光片，所以在工具箱里放2到3个滤光片会有助于你处理不同的光线环境。各厂商生产的滤光片各不相同，但滤光片通常包括2X、4X和8X，相应的，分别为1档、2档和3档光线削减。为方便使用，在昂贵的摄像机镜头系统中会内置一个ND滤

光片。在你的摄像机使用手册中有镜头的直径长度，在预订ND滤光片前你要了解这些。

白平衡

我们的眼睛会根据我们周围环境中不同的光源

选择较快的快门速度会得到较好的运动画面。比较一下"强光，较快的快门速度"（上图）和"弱光，较慢的快门速度"（下图），你更喜欢哪种效果？

而自动调节，因此，我们很少会意识到夜间白炽灯发出的暖光，或是在艳阳高照下冷色调的蓝光。照在被摄体上的光源从日光（发蓝）、荧光灯（发绿）到白炽灯（发黄）的颜色变化会影响影片的面貌及色彩平衡。现在，大多数的数码摄像机都试图通过自动白平衡功能来纠正这种色彩的偏差，目的是要没有痕迹地将各种光源纠正为中性白，并使影片的色彩平衡始终

在夜间的游泳聚会中，我宁可选择原有的、彩虹色的池塘光，也不用白平衡将画面的光线平均化。可能的话，你也可以试验一下摄像机的夜摄功能。

保持一致。

　　然而，多数专业摄像师不会让任何事情放任自流，而是在不同的照明情况下使用手动模式调整相机的白平衡。许多较贵重的摄像机上都有一个在对焦白板时可以按动的按钮，它可以据此设定白色，因此画面在色调上几乎没有什么变化。

　　如果我能对专业人员作一个概括的话，他们通常

使用中性密度滤镜的景深（下图）常可以获得令人惊喜的效果。看下一部电影时，看看大多数的电影导演在电影制作中是如何运用小景深的。

要对影像增加色温。如果对肌肉的色调、树叶的绿色和室内增加色温，这些照片会令人更满意。稍微调整一下，就会很不一样。在小型摄像机上常使用的一个小把戏，是把摄像机的白平衡设置为"阴天"模式。它会使摄像机为画面增加色温，从而拍出质量更好的影像。同时，很多摄像机允许你根据设置增加黄色或蓝色，以控制整个画面的冷暖色调。

另一个令你不想让摄像机使用自动白平衡的例子，是用不同的光圈拍摄生日晚会上同样的烛光，目的是保留蜡烛发出的暖黄色光和映在人们脸上的红晕。通过对曝光和白平衡的控制，你就可以将一张很普通的、无深浅层次的照片变成丰富又有深度的照片。

所以，学习如何手动控制白平衡，通过增加或降低影像的色温找到你喜欢的效果。永远记住，如果影像看起来平淡无层次，会令人很厌烦。

影像的稳定

如果你喜欢带着三脚架满处跑，举起手来。哎呀，我没看见有多少人这么做。无论我多么强烈地要说服你使用好的三脚架，事实的真相是，你们大多数人不会理睬我。所以，让我们进入第二个选择——"影像的稳定"。这极有可能是你的新摄像机的新功能之一，那么，它到底是什么又如何使用呢？

影像的稳定有两种：光学的和电子的。光学稳定可以在较高端的摄像机上找到，它使用一个专用镜头元件，在摄像机随着被摄体运动时能变换自己位置，目的是减少摄像机的抖动。由于是利用光学原理完成，因此没有信号质量的损失。

电子影像稳定是在录制之前，将捕获到的影像稍作变化使摄像机的运动减到最小。这种功能在光线好的情况下工作得较好。但是，注意，当摄像机过多地使用电子方式稳定其运动时，会发生影像质素的下降。如果使用三脚架，找到按钮或屏幕菜单，关闭电子稳定功能。否则，如果你用三脚架进行摇摄，最后你得到的可能是模糊不清的影像。或者，当你正在将焦点对准一个有雾的或者是低对比度的场景，摄像机在搜寻稳定点时可能会发生一些问题。一般说来，原则是在使用三脚架或拍摄低对比度场景时，将影像稳定功能关闭。

Sony高清专业消费级小型摄像机的手动控制按钮在摄像机的左边，底部是快装板，你能很快地从三脚架上将摄像机拿下进行手持式拍摄。

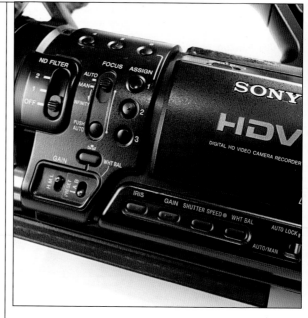

影像显示为暖色调常比冷色调的效果更好。争取在摄像机上平衡影像的色彩，这比在电脑上控制更好一些。

用 光

在视频电视影像中，照明是一个很复杂、范围很广的课题。现在，我就来谈谈如何使你的影片具有震

撼力而又不让你变成照明电工或照明技师的一些基本技巧。在照明度很低的情况下，我们工作的主要目的是防止添加信号增益，因为，它通常会降低影像的信噪比。比较好的方法是对拍摄场景增加灯光。同样，如果你的目的是拍摄夜晚的街景，我们可以通过添加增益的方式来防止摄像机自动把夜景变成白天。关于这一点我们在生日晚会的例子中已经谈论过。

如果你就是要使用灯光，我强调一条规则：不要使用摄像机的内置灯，除非你要那种小鹿在强灯下的不自然的样子。这种情况在电视新闻中见过很多，记者别无选择，只能在摄像机上加盏灯，采取边跑边拍的形式。但是，如果你要画面质感、富于表现力的影子和情调，在摄像机旁边加一盏主灯会非常有帮助。你可能还需要在被摄体旁边加一盏辅助灯来平衡较强的主灯。当然，这需要在便携式的灯具器材上投资，当然也要根据你所拍摄的事物类型而定。

我们很多人身边都不带灯具，因此，要特别注意

这个影像太蓝了，试着通过设置白平衡找到你喜欢的色调。

利用自然光。如何有效地利用自然光，是提高影像撷取质素更实用的技巧。和胶片相比，视频影像在中午高对比度的太阳光线下拍摄是很困难的。中午的骄阳会令你拍摄出难以想象的刺目的投影。还要记住，白天的色彩平衡会因一天中时间的变化、云层的遮挡及被摄体所在的实际位置而受到影响。例如，一个人站在深绿色森林的阴影中就可能呈现为绿色调。注意阴影和色彩平衡。大多数的自动白平衡功能都会达到中性白。但是，那就是你想要的吗？

绝大部分的专业摄影师和摄像师对在清晨和傍晚的金色时光——柔和的光线、饱满的色彩和有趣的阴影——拍摄情有独钟，非常认真。这些因素大大地加强了影片的面貌和感觉。

如果你发现有必要使用辅助照明，那么市面上有许多照明设备供出租或购买。也有带金属面的反光板，可以把光线反射到被摄体上。留心放在靠近被摄体的钨灯，它们很热，很容易把墙烤焦或起火。同时，还要有足够的时间使灯冷却。我曾经由于在工作时急急忙忙而不止一次地烧伤了手。

还要记住一件事，一天中的光线总是在变化，这使得你要把在不同时间拍摄的章节剪辑在一起变得有些困难。那么，在设置灯光照明时可以准备哪些东西呢？

1. 标准的旅行式照明工具包括钨灯或装在可折叠支架上的卤素灯、能反

如果你打算单独拍摄影片，结实而轻巧的碳素纤维液压云台三脚架是最基本的设备。

使用影像稳定设置手持拍摄

使用有影像稳定设置的手持式摄像机拍摄，需要掌握稳定相机的技术以便更有效的工作。下面的几个步骤有助于你用手持式摄像机拍出更专业的影片。但要达到这点，需要一个很长的练习过程。

1. 双手握机，即使摄像机很小也要这么做。如果你使用与在射击场用手枪射击时的同样的技术，你就会获得高效而稳定的拍摄成果。呼吸要慢，如果你在屏住呼吸，那么，做深呼吸，然后在要开始拍摄时呼气。如果你要拍摄10到15秒的短片，这样做的效果非常好。只要时间长一点的拍摄，你都需要做深呼吸。

2. 两腿分开，比平日姿势稍宽。一脚在后，膝盖稍微弯曲以防止拍摄时向后摔倒。双肘紧贴上身。

3. 为了有助于摄像机的稳定，你可以倚靠在什么东西上——桌子、墙或树。你可以俯卧在地上，这种低角度可以创造出很有意思的看点。只要能够最大限度地减小摄像机的抖动的动作，都值得试一试。

4. 使用摄像机的广角镜头设置，而不是使用远摄镜头设置，这样可以减少人们手持摄像机时的抖动。远摄只能加大相机的抖动，而且通常需要一个好的三脚架。

5. 计划好摄像机的移动路线也能使手持相机的动作更平和、流畅。设定从什么地方开始拍摄，什么地方结束，如果可能，练习走动一下。提前作计划可以帮助你避免拍出很业余的影像短片，在不同的地方停停拍拍，影像会很不连贯。

6. 跟踪拍摄或保持录制直到你感觉已经完成了故事的叙述或整个活动结束。随着技术的进步，这种拍摄直觉也会提高。

7. 在拍摄人物时犯的一个大错误，是在某人说话时你关闭了摄像机。如果可能，请让人把话说完。

8. 拍摄风景时，让磁带至少走5到10秒钟，甚至更长。你总是可以剪辑影片到你需要的长度，所以，为什么要限制自己结束拍摄呢？记住，磁带和存储卡是影片拍摄中最便宜的部分，因此，要充分使用它们。

简单的灯具如柔光箱，可以在采访或类似的拍摄中创造出柔和的主灯光。同时，做些努力将被摄体移到一个明亮的地方。

射光的防热遮光板以及能够把光线聚焦在被摄体上的一些配件。很多摄像师自己到硬件商店配备自己的照明包。那些为摄像机顶部制作的小主光灯，其光线质量非常糟糕。

2. 在硬件商店有一些很方便的、带弹簧的大夹子，用于挂窗帘、背景或其他东西。

3. 大块的广告牌或折叠式反射板可以用来填满阴影，效果非常好。粗棉布或半透明的塑料布也可以消除透过窗户照在被摄体上的刺眼的光线。不要在钨灯上使用它们，因为它们不适用于高温环境。

4. 不要将剩余的绝缘胶带留在你家厨房的桌子上。永远要小心地使用，不要一下子扯到头。

5. 延长线。当你为一个场景布置照明，没有足够长的线时，买一些优质线并确认用绝缘胶带固定在地板上以免被人踩断。如果你是一个人工作，一定不要把灯摆在通道中，并要远离窗帘或其他东西。只要有一个照明设备倒了或砸到别人的头上，那会很快影响你的情绪——甚至是更坏的结果。

声 音

大家都知道，在电影和电视业中，观众可以容忍视频影像中些许的不完善，但是当影片中出现极差的音效和莫名其妙的对话时，观众的容忍就彻底消失了。一旦你开始拍摄并对影片进行剪辑，你会立刻意识到好的音带对你的工作该是多么重要。

你需要提高对不同音量和音质的敏感度。任何使人分心的声音都不是小声音。比如，如果你在听一个演讲而空调机在运转，你很可能根本就没有注意到。人的耳朵能够从嘈杂的声音中拾取并将注意力集中到他想听到的声音上。但是，摄像机是另一回事。角落里那小小的空调机会破坏你的拍摄。来自飞机、风、机器和人们不需要的声音是对你的最大挑战，如何处理这些声音将决定你的影片是否具有专业级的音效质量。所以，你可以使用下面一些基本步骤来帮助你制作完美的音频效果，这对于一部好的影片来说是非常重要的。

首先，购买一个外接麦克风（为摄像机提供外部连接）。大多数认真的摄像师都使用超指向性麦克风，其有效拾音区域很窄，只拾取来自它所指方向的声音。有些麦克风通常可以放在摄像机顶部的热靴（摄像机上的闪光灯插槽式接口）上，还有些微型麦克风既可以通过数据线与摄像机连接，也可以把声音信号发回接在摄像机上的无线接收器。这种外接式麦克风的好处是，摄像机操作者的手弄出的杂音或呼吸

便携式反光板可以帮你把光反射到阴影下的被摄体上，见上图。

使用有反光板的主灯光（右边的白板）可为一个枯燥无味的场景增加景深和平衡感。

的声音不太可能影响到所拾取的声音。

获得良好声音的最好、最便宜的方法，是靠近被摄体，特别是当你要拾取结婚誓言或演讲者主要的演说词时。近是近了，但会出现一些问题。一定要与你的被摄对象沟通，并告诉他们你想让他们做什么。你必须早点来，与他们交流，提前检查声音的拾取情况，以确定摄像机的位置。

实际拍摄时，关闭冰柜、风扇和空调等主要的噪音制造者。如果你想在一个大的空间中录制专业级的声音，最好的选择是将一个无线麦克风夹在被摄体身上或被摄体前面的台子上。

大多数专业影片都把后期制作的声音与原来录制的声音混合到剪辑好的影片中，这多数是音响效果或在其他时间采集的声音，如野生动植物、风声、水声、海浪声，或人群的嘈杂声。许多音响效果可以在CD商店买到，或从网站上下载。但最令人满意和最有意思的，是你自己录制。

录制额外声音的好例子可能是人群的嘈杂声，你可以把它们用在拍摄的很多场景中，如交易会或婚礼上的背景声音。这个额外的声音层有助于消除在剪辑影片时出现的断断续续的声音。在拍摄地点多停留几分钟，用摄像机或录音机录制一些背景音是个不错的主意。

录音机

在磁带对磁带的录音年代，为了采集好的声音，剪辑师不得不拼接磁带，而音响师不得不拉着沉重的机器来回走。有了这些新型轻巧的数码录音机后，采集声音的过程变得格外有趣。选择的范围从MP3播放器、DAT（数码音带）和Mini-Disk到闪存录音机，所有这些都使声音文件从录音机传输到电脑变得非常容易。

摄像机上用皮毛防风罩包裹的微型麦克风，可区别可用音频和无用音频。

在演讲人讲台前使用录音机时，你可以在房间里来回走，拍摄不同的角度和人们的详细情况，稍后，在剪辑过程中使所录的声音与影片相应部分同步即可。我将在剪辑章节中详细说明。

拍摄故事或事件

现在，你有了新的数码摄像机并做好准备开始拍摄你的故事或事件，或者，你只是想随意转转拍些感兴趣的东西。一切都要看你的想法。

无论想要什么，你必须选择从哪儿开始。因此，我的建议是带着摄像机到一个你从来没有去过的、完全不同的地方。你必须打破过去的习惯，并通过新摄像机的镜头去体验这个地方。

场景的变化，无论远近，都会激励你以一个新鲜的角度来看待事物。自己一个人去是个好主意，可以省去家人和朋友的干扰。到那儿以后，倾听声音，感受大自然的运动，看看令人兴奋的环境，寻找感兴趣的色彩或任何能够诠释你要拍摄的环境的东西。尽量使用摄像机上不同的设置。拍片时说出你使用了哪些设置以便摄像机将信息录制下来。稍后，可以回放所拍影片看看你尝试的结果。

使用无线麦克风可以使你得到来自被采访人的清晰声音，特别是他们边工作边接受采访时。

拍摄场景时要一部分、一部分地进行，并把它们剪辑起来，这是大多数电影和记录片的拍摄方式。就像盖房子一样，开始把一些东西添加到一个主题上。这是通过影片的片断来看世界的过程，常常只是几秒

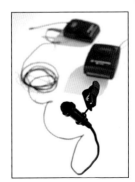

记住，在拍摄时一定要撷取一些野外的或周围的声音。这个超指向性麦克风有一个挡风屏（Windscreen），还有一个声音阻尼把手与数码闪卡录音机连接。

钟的时间，但那决定了你开始以电影制片人的方式看世界。

试着去采访一个事件，如商业会谈、公司展示、生日派对，或婚礼。不管采访什么，都应该保持方法的简单。

如何讲故事

那么，讲故事的方法是什么呢？首先，睁开眼睛，竖起耳朵，像摄影师寻找好的画面或瞬间那样，走进拍摄场所。你应该寻找构图、光线、动作和声音等元素都能起重要作用的时刻。有时，有的动作无疑是你日后为某些镜头寻找的素材，如某人在讲话或吹蜡烛。这就是你发展并形成自己风格的起点——用独特的方式去看事物，并用独特的方式去回应。日后，你会将这些小的片断缀连到完整的故事中。

通过一系列的定场镜头来决定故事发生的地点，即我们在哪儿？在任何电影的开头，导演都在尽量确定故事发生的地点和影片的基调。有什么好的方式来设定这个地点，或对随之发生的事件赋予新的事实或观点呢？在影片的标题打出来之前，你可以用一系列的短片或精心制作的、几分钟长的连续镜头作为影片的开始。对拍摄地点进行广角镜头、中景镜头和特写镜头的拍摄练习。

小帖士：

　　拿掉或固定镜头盖和摄像机背带，没有什么比在大风天把镜头盖或背包带撞击摄像机的声音录制到影片中更业余的了。

下一步，故事中涉及到的人物是谁呢？日后在你的影片中用什么方法来表现人物要做的事情呢？尝试通过变换广角镜头、中景镜头和特写镜头来进行表现。

注意一些有趣的声音和评论。人们喜欢在摄像机面前表现得很夸张，他们常常谈论一些有趣的事情。在人们说话中间不要打断他们，从摄像机的后面问问题，以使人们能轻松地面对镜头和麦克风。你可以做个很有趣的小练习：花几分钟闭上眼睛，倾听一下你周围的声音。它们会怎样帮助你的影片呢？试着把音响关掉来剪辑影像，看看剪辑的结果。

使摄像机的移动保持条理性。根据摄像机的性能，拍摄诸如晚会、婚礼或交易会等事件，每个事件都要有其开头、发展和结尾。你要做的只是发挥你的创造性，让被摄体展现在你的摄像机前。

当你撷取了面前的所有元素和故事后，下一步就是撷取活动的场景。无论是什么样的事件，都有人到来、互相见面，表达自己的热情等。在你跟随一个场景，如客人的到达时，你的眼睛也必须盯住他们准备开始的主要活动上。你可能会说，"我不能同时在两个地方"。不错，你是对的。对所有的摄像师来说，

无论你是在汽车座位上还是用三脚架拍摄你的大作，你的风格将说明作为摄像师你是怎样的人。

挑战就是在既定的时间里能不假思索地决定哪些才是要拍摄的、最重要的场景。这时，经验会很有帮助。如果一天下来，你感到筋疲力尽，很可能你很好地完成了你的工作。

好的摄像师早就知道，拍摄时需要总是处于运动状态，除非特别需要外，不要在一件事或一个镜头上花费太多的时间。根据故事情节来决定在一个镜头上需要花费多少时间。你的目的是用充满自信、稳定而富有思想的风格去拍摄，这将使你在剪辑室的工作更轻松。

风　格

当回顾你所看过的重要的电影时，你可能只记得故事的内容而不是摄像师所使用的技术。正如大多数的故事看起来都很独特一样，摄像机的许多拍摄技术却不是这样，它们是经过考验而真实的技术。当然，大师手中的摄像机拍出来的东西是不一样的。记住，你能发展的最重要的风格，是不要妨碍故事的发展。

场 景

电视或电影是由一系列场景组成的，而每一个场景又是由一组镜头编辑在一起组成的。这些镜头与摄像机的不同位置、不同角度、音频及照明等各方面结合在一起形成一个场景。每个镜头可能是一个静态影像或不间断运行好几分钟的影像片断，没有规则可言。

镜头是远、中、近景的结合。远景有助于确定故事发生的场合。摄像机从远景向中景的主体靠近，以加强故事或主题的重要性。接下来，近景镜头带来富于冲击力、表现亲密感情以及推动故事进展的场面。

这些远、中、近景会为影片增加感人的力量，从而使影片更加吸引人。不要害怕使用不同寻常的画面和角度进行试验。一个最好的方法，就是选择连续拍摄之间的瞬间，并研究拍摄场所。想想你都拍了什么，注意观察进行主要活动的周围环境，那可能就是你切换镜头的好地方。

什么是切换镜头

你是否曾对人说过"我这就回来"？这就是一种口头式的切换。视觉切换是指设定一种转换或"诗意"般的暂停镜头，用来帮助你或剪辑师在同一情节里从一个场景转移到另一个场景。在我印象里，你可能还

理查德的灵感来自：

1. 好莱坞的经典作品，如：《公民凯恩》(Citizen Kane)、《美好生活》(It's a Wonderful Life) 和古希腊的悲剧三部曲 (the Lord of the Rings trilogy)
2. 美国电影学院创作的100部电影作品
3. 纪录片Baraka
4. 前苏联名作：《带摄影机的人》
5. D.A.Penebakers 在纪录片：《鲍勃·迪伦，别回头》中的电影纪实风格
6. www.pbs.org/pov 网站
7. www.YouTube.com 网站

通过远摄山脉风景，来述说危地马拉的故事。

这是另一幅从高处远摄的风景，告诉观众我们将进入城镇。

使用近景镜头拍摄这些舞蹈演员，使观众对舞者和他们的文化感觉更亲切、熟悉。

没有具有足够好的切换镜头的片子吧。这种视频就叫做"B-roll"，用来切入故事的主要画面。

当你的摄像机被人撞击或需要中断拍摄，"B-roll"镜头就可随手切入。再举一个例子，在拍摄一段演讲镜头的过程中，如果你想反映一些听众的反应，便可以将这些镜头切入演讲中。这里有一个技巧，即一直使摄像机处于运转状态，这样就可以从头到尾记录演讲的全过程。之后，你再重新剪辑，将切换镜头切入到演讲过程中去。

如果想从远距离变焦为近距离的特写镜头，你也需要加一个切换镜头，以便覆盖你快速将镜头推向演讲者脸部和聚焦的时间。记住，要一直开着摄像机，这样才能有一个记录演讲的连续片断。当进入剪辑阶段时，你就不会弄糊涂。

很多专业人士认为，在剪辑过程中应尽可能地保留所有的东西，而影片的节奏和创造力实际上是在拍摄过程中捕捉到的。过度的剪辑和摄像机频繁的运动，只能说明拍摄的技术不成熟以及糟糕的故事讲述方式。

连续性

即使是对很有经验的摄像师来说，影片连续性也是一个严峻的挑战。这里有一些规则要你去遵循。例如，你要保证在一个场景拍摄的人物的服饰不能今天是红色，改天又是蓝色的，因为要把这些片断剪辑在一起是不可能的。一个人本来左手拿着杯子，在同一场景的另一片断里，杯子怎么又出现在他的右手里？当然，不是所有的观众都会捕捉到这些失误，但是你要尽可能去避免。你要使你的影片有说服力，有故事的连续性或动作的完整性，要使场景保持一致。

在镜头切换过程中，我用中景镜头来表现危地马拉的富足。

对某人进行近距离拍摄时要变换角度，但又要让人明显感到受尊重。

在拍摄组里找人帮助你保持影片的连续性，可以减少很多麻烦。摄像师的目标就是使故事真实地展示和推进。如果你在拍

记录日常生活场景，可以增强故事前后的连贯性。

摄一个有计划的事件或活动时，将影片的连续性在拍摄中从头到尾地保持下来，那么在剪辑阶段所做的工作，将要简单一些。

基于一些观念或一个故事而制作的影片，且影片中所表现的题材不在一个有序的时间段中，这就要做大量的计划工作。是否有倒叙、时间的跃进或季节的

变换？如果你要拍摄的影片如此复杂，那就要逐步形成一个影片情节的串连图板，并认真遵循。正如进行一次长途旅行，你要先制定好路线一样。

在每天的拍摄过程中你都要有自己的想法，并写在索引卡片上。你至少要有一个基本的拍摄清单。别忘记记录有关摄像机设置、提示和步骤的卡片。当一大群人等着拍摄的时候，谁还会想起去调整白平衡？

通常，计划只是一种指南性手册，它要随着事态的变化而变化。不要因为一些影像未列入计划而放弃拍摄。寻找并准备录制那些计划之外的瞬间。偶然发现的片段，就是你要摄制的影像。许多人认为专业摄像师运气好。其实，正是这些超前意识给他们带来了好运。

动作的连续性

若不遵循一些基本法则，对一系列动作进行的移动拍摄和剪辑会令人失去方向感。如果你正从露天看台上拍摄儿子参加田径运动会的场景，运动员将在你面前从左到右的方向跑过，那么你现在已在摄像画面中设计好了拍摄轨迹。

假设在同一场景，在比赛过程中，当运动员跑来时，你跨过设定的轨迹又走到对面拍摄，这样就会让人感觉你的儿子在往相反的方向跑。这就是180度法则。180度法则表明，你要考虑到所拍摄对象的轨迹要在一条直线上。只要你在拍摄一系列动作细节时保持站在轨迹线的同一侧，不越过180度角，那么拍摄的作品就会具有合理的动作连续性。

这种法则还适用于人物的谈话场景。将谈话的两人连成一线作为轨迹线，只要你保持在这条线的一边拍摄，就不会让人感觉拍摄对象变换了位置，而且也会使你的所有的切换镜头和近距离特写在视觉上都合乎逻辑。若不进行必要的转换就改变你的拍摄位置，观众会摸不着头脑。

保持视线

一些微小的细节会有助于或者有损于影像的可信度。在你的录像中若某一个人正在分神，看上去心烦

我常把故事的拍摄计划做成图表，虽然很粗糙，但它能使我将注意力集中在我需要的镜头上。但制作时要有灵活性，因为故事总是在不断发生变化。

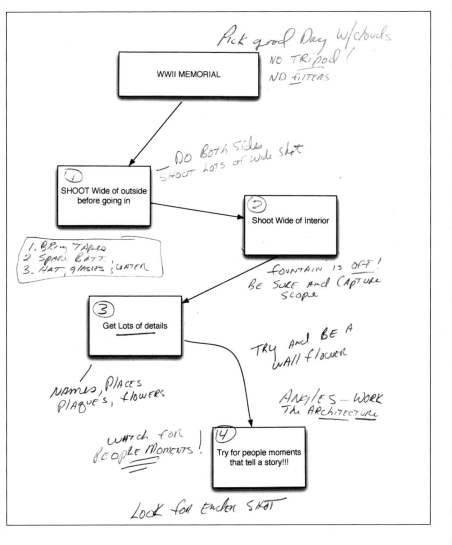

Pick good Day w/clouds
NO TRIPOD!
NO FILTERS

WWII MEMORIAL

DO BOTH SIDES
SHOOT LOTS OF Wide Shot

① SHOOT Wide of outside before going in

② Shoot Wide of Interior

1. BRing TApes
2. SPARE BATT.
3. HAT, glasses; WATER

FOUNTAIN IS OFF!
BE SURE And CAPTURE SCOPE

③ Get Lots of details

TRY And BE A WALL flower

NAMES, PLACES
PLAQUES, flowers

ANGLES — WORK
The ARCHITECTURE

WATCH for PEOPLE MOMENTS!

④ Try for people moments that tell a story!!!

LOOK FOR Ending SHOT

意乱或很笨拙的样子，所有人都会注意他。如果你在采访某人，那么站在稍稍离开摄像机的位置上，这样就能让拍摄对象看着你而不是面对镜头。在处理拍摄对象的视线时也要遵循180度法则，就好像是一条运动轨迹。另一方面，让我们看看埃罗尔·莫里斯（Errol Morris）的一部获奥斯卡奖的记录片《战争风云》（Fog of War），其中，莫里斯采用了一种特别的拍摄手法，使观众感觉被采访者——美国前任国防部部长罗伯特·麦克纳马拉（Robert Mcnamara）好像是直接面对摄像机说话，其实不然。但这样的表现不同凡响，莫里斯的做法说明，有时打破常规也会达到意想不到的效果。

照明的连续性

在拍摄记录片时，如婚礼或其他自发活动，你不得不使用合适的照明。光线太暗时，你还得增加照明。若是你在做拍摄训练，或做一个特写或一系列访谈，密切关注照明质量，尽量保持整个拍摄全过程中照明在视觉上的一致性。

注意太阳光线的方向和阴影。在你此后的剪辑过程中，如果从一个画面转到另一画面时桌子和人影突然发生变化，一定会让人很快觉察到。

变焦和横摇

还有一些法则会使你的录像看起来不那么业余。首先，在摄像机移动拍摄的过程中不要快速变焦，否则会让观众看着头晕。如果你在拍摄过程中缩放镜头，动作一定要慢，这样才不会使观众的注意力转移到镜头本身。当然，这是很难做到的。看看大量已编辑好的电影就会发现，将各种不同角度和位置拍摄的镜头进行切换便可以创造出运动的效果。将远距离、中距离和近距离拍摄的镜头进行缩放来改变摄像机的

视野或位置时，你既可以以后进行剪辑，也可以停止拍摄，等调整到合适的布局后再重新拍摄。要保证给自己留有足够的时间，以做好正确调整。

如果声音对拍摄来说非常重要（通常都是这样），这就需要你在重新调整影像的同时使摄像机保持开机状态。此后，再利用镜头切换方法掩盖镜头位置的变化，但不影响声音的连续性。如果是拍摄风景，在此后的剪辑环节你会有更多的自由去加载或修改声音。剪辑就可以达到这种效果，尤其是当你每次拍摄都变换位置的时候。

你在横摇拍摄时，动作一定要慢而稳。这时手边就要有个液压云台三脚架。若摇摄时不用三脚架，最重要的一点就是要设计好拍摄的路线，这样才能保证首尾流畅。设计好拍摄过程，确定好脚的位置和身体姿势，这样才能防止在拍摄中出现跌倒或肌肉抽筋的情况。一旦开始横摇拍摄，你就不想中断。如果你想

不要因为懒得下车就使用变焦拍摄。只有在组合不同镜头时才会用到变焦功能。

跟踪一个目标，如正在翩翩起舞的新郎新娘，舞姿带动着镜头移动，拍摄的影像在视觉上会显得栩栩如生充满活力。不断拓展你的视野，寻找类似的场景，它将给你的拍摄增加生机和活力。

设计拍摄

那么，什么是设计拍摄呢？这包含很多层面。举个简单的例子，如果你要从露天看台上拍摄一场儿子参加的足球比赛。你事先要做到：检查电池是否需要充电；是否有足够的磁带或备用介质；摄像机包里是否装清洁镜头的棉纸和镜头清洗液；可能还要准备个干净的塑料袋以防雨淋。

最重要的准备工作，往往也是最基本的准备工作，就是精神准备。没有比花点时间考虑一下如何进行拍摄更重要的事了。有趣的录像并不是随时发生。就拿这场足球赛来说，你最喜欢看这场比赛的哪一段？当然是你儿子踢球时的场景。但拍摄比赛的时间要远比你儿子在场上跑来跑去的时间多得多。看台

基本的准备清单

下面是用于拍摄的、重要的准备清单。当然，你的特别需求可能比以下建议的事项有所增加或减少。

1. 在运输过程中，要买个或软或硬的包以保护好摄像机，并确保能把它放在飞机座下面。
2. 准备好备用电池，至少按照你要拍摄时间的2倍来预备。
3. 把所有的电池充好电！
4. 检查是否准备了足够多的磁带或存储空间。应按照你要拍摄时间的两倍来准备。
5. 带好三脚架，没有比拍摄时颤抖更糟的事了。
6. 至少带上一个中性滤光片。4倍的或8倍的都可以，两个都带上最好。
7. 准备一个拍摄清单，找一段安静的时间记下你感兴趣的或想拍摄的场景。
8. 选好主题。
9. 带上摄影指南。
10. 再熟悉一遍摄像机的手动操作。

上观众的情况怎样？停车场的情况怎样？局外人的观点是什么？这些都是能为你的这段录像增色的花絮。罗列出想要拍摄场景的清单，它会帮助你实现这一系列的设想，否则在现场拍摄时很可能想不起来这些。做这种思维训练会帮助你创作多彩多姿的影视片段，而不是只言片语。 下面是我过去拍摄足球赛前罗列的一个示范清单：

1. 体育场的整体景观是什么样的？什么样的景物和声音能代表秋季里周五的夜晚？

2. 赛前会发生什么？在食品摊上会发生什么？在看台上会发生什么？

3. 家人和朋友在做什么？向某人问个问题："请问，鲍勃，你认为你女儿的球队有几分胜算把握？"然后让他回答。你也可以在赛后再次访问相同的人。

4. 确保做各种各样的运动拍摄。通过远摄和近摄捕捉比赛中有趣的场景。或许还要走到场地边进行最佳角度的拍摄。使用三脚架拍摄可能会好些，但你不得不边走动边握着摄像机。若是晚间比赛，还要保证提前安装曝光设备。你可以早到一小时，以完成这些工作。

5. 赛后反应也是个很好的拍摄素材，争取混合运用远摄、中距离拍摄和近摄等多种方法。

你在做这些拍摄时就像在拍摄照片，但要包括足够的时间以充实画面。偶尔使用慢速横摇或跟踪拍摄。只要眼睛和感觉随着摄影机移动，运动拍摄常常会帮助打开你的听觉和视觉。录像的好坏完全取决于在大庭广众之下你自身的动作和拍摄过程。拍摄时要进入状态，对人表示友善，自得其乐的同时想着你要拍摄的清单。

当然，我明白这是一个冗长的清单，可能很多情

密切注视新郎新娘，寻找精彩瞬间。

与拍摄对象相处默契，使她们在你的面前表现自然。

常常要拍摄一些重要时刻，尽情期待它们的到来。

况下你想拍摄的不过是一小段孩子的游戏场景。尽管如此，对于像你这样想有所成就的人来说，就得像为ESPN频道拍摄记录片一样努力。无论采用何种方法，我想努力说明的，是在一场简单的中学生足球赛中也会有丰富的素材。若你的注意力不只是集中在用摄像机捕捉盛大的场面，而是愿意花点时间想象一下如何去做，这样会更有成效。需要花时间在便笺和纸片上设计想要拍摄的东西，这就是录像本身和在意识里所要实现的录像之间的区别。无论哪一种方式，都会拍摄出作品，但事先有计划的准备会让你进步很快并取得更好的成绩。

婚礼摄像和商务摄像的一些思考

如果你是刚开始学习摄像，最好在拍摄婚礼前做一些特别的准备工作，以确保你与新郎新娘的目标一致。若有机会，他们要为家人和婚礼增添一段小插曲，这需要事先提醒。他们所期望的，可能就是拍摄婚礼的整个过程，包括结婚誓词、互换戒指，从远摄的教堂到近摄的面部表情以及人们的反应。对了，忘了提醒你，还要伴有宏大的音乐。

我没有吓唬你的意思，但我建议你在向朋友展示自己的摄像作品之前，要循序渐进地学习每一个阶段，包括计划、拍摄和剪辑。

当你的老板打算在即将到来的周末组织员工到清静的地方并让你拍个短片，还想把这个短片登在公司网站上或在年度董事会议上播放时，上述的建议同样适用。我并不是要伤害你的自信心，只是想让你有所准备，至少能够精通摄像这门技术。

但假如你自告奋勇要录制婚礼或公司活动，在出发前，看看下面的清单：

1. 置身于婚礼或活动之中，你想要看到什么？更重要的是，新娘或同事们期望看到什么？

2. 拍摄场地是什么样的？离得近就先去看看，或在拍摄前为自己留出充裕的时间去观察拍摄地点。如果是休假，可以事先研读一下

切勿忘记非常重要的远景拍摄场面，你需要它们来构建故事的地点。

在重要时刻开始前，想好你的站位。

若身临其境，你会预料到重要时刻的来临。

要去的主要景点，或上网看看别人已拍好的录像或照片，从中获得启发。

3. 在参加婚礼或活动的前一天，准备好摄像机和设备清单。在拍摄时才发现需要滤光镜或闪光灯，或发现没带足磁带或存储器，那就太迟了，这一天已一

去不复返了。

4. 我的剪辑师总是对我说，多用些磁带，因为这是拍摄工作中最廉价的。随着数字化媒体的发展，现在的拍摄工作几乎不需要多少花销。拍摄所有你和你的朋友感兴趣的东西。

5. 与活动的参与者交朋友。当人们知道你要做什么和你是什么人时，他们会很合作。相信我，善于社会交往会受益匪浅。

6. 从新娘或同事那里了解他们想看到什么？在你开始拍摄活动之前，先了解拍摄对象和活动的情况，这样最终会有一个完美的结果。

7. 对照你的设备清单做最后检查，确保调整好你想要的声放、白平衡、曝光和焦点设置。

8. 检查镜头是否有污迹或尘土。对此，我怎么强调也不为过。时刻关注镜头上是否有大的斑点、雨迹等，这些小细节会搞糟整个拍摄。

9. 你是否有足够的电池以满足需要拍摄的时间？

10. 当录制某人面对摄像机说话或人们交谈时，不要在说话过程中换磁带。虽然你在拍摄时没有意识到这一点，但到了剪辑阶段，你就会庆幸能有一段完整的录音片段。时刻牢记，清晰、响亮的声音是很重要的。

11. 不要考虑在摄像机里进行剪辑。拍摄，拍摄，多多地拍摄，最后再剪辑成紧凑、简洁的影视作品。

12. 在某些情况下，当你不认识被拍摄者时，要友善地得到对方的允许才能拍摄。一个微笑或友好的点头，就能帮助你走进别人的空间。

13. 着装要合适，不要在肩上背挂过多的带子。最重要的是，不能遮掩眼睛和耳朵。与朋友们一起活动时，最不易的就是选择了拍摄就得放弃交流的时间。当然，你想交友，也想捕捉画面。但因错过一段场景和机会所形成的劣质录像要比错过一次交流的时间要

长。无论在情感上还在是肉体上，你都不能同时出现在两个地方。

　　罗列上述检查清单，不如练习把它记在心里。如果你想超出业余水平，自发地进行拍摄，那么准备设备和勾画拍摄对象的能力将成为你的第二天性。边玩边拍边享受，你会感恩这段美好时光好多年。至少，通过拍摄，你提高了自身的摄影水平。想想它给你带来什么？你获得了什么？你会又惊又喜！

结　论

　　我已说过多次，不要幻想明天一出门你就能成为一名出色的专业摄像师。最好先把上述法则记在心里。耐心地练习这门技术，必要时再阅读一遍本章节。将拍摄变为你的第二天性，把你的想象固化为要经历的一段时间。即使你在摄像技术上仅取得一点点进步，相信我，你的朋友们也会发现。

　　我一直记着那些曾遇到过的电影摄影师，从他们身上你会学到很多技术，会帮助你提升摄影水平。

大卫·林斯特罗姆

为剪辑而拍摄

作为电影摄影师，大卫·林斯特罗姆(David Linstrom)走遍了世界各地为ABC、HBO、NBC和美国《国家地理》杂志工作。在这个领域，他一直自己决定如何拍摄故事。但他永远不会忘记，如果他做得很好，谁是第一个受益者：剪辑师。

"你的工作完成后，剪辑师要花几个星期的时间来处理你的影片。如果你不能提供有趣的、各种不同的连续镜头，他们会为把故事连接在一起而度过一段很痛苦的时期。"林斯特罗姆说。

林斯特罗姆最初是一位图像摄影师，后来他参加了一个电视制作学习班。他立刻就被迷住了，随即转到圣迭戈加利福尼亚州的州立大学。在那里，他完成了学业，其中包括在附近的PBS站的实习。

"有些人认为在电影摄制方面应该分类，如水下摄影或野生动植物摄影，"林斯特罗姆说，"在某些情况下，这可能有帮助。但是我觉得，为了高水平地完成记录工作，你必须有好奇心，必须参与到人们及其文化之中。或者，你得了解你在拍摄的学科。"

现在，林斯特罗姆使用一台高清摄像机进行拍摄。"今天的工具和摄像机非常先进，并且人们承担得起，"林斯特罗姆说道，"但那只是对运动场而言，你必须具备一定的技术支持，并且完全了解它是如何工作的。而且，记住，音响对演出很重要，糟糕的音响可以破坏演出。但是作为电影摄影师，你最重要的工作是拍出漂亮的影像，为剪辑而拍摄，那才是你最要努力的方向。"

林斯特罗姆对摄像初学者的建议是暂时自己剪辑影片，这样你可以发现自己没有拍摄到的镜头或听到没有录制好的声音。通过这种方式，你开始了解没有某些片断是无法叙述你的故事的。如果你继续犯错误，那就在拍摄时列张表说明要拍摄的角度、需要的音响等，那样会对你有所帮助。

在非洲乍得，林斯特罗姆使用的拍摄设备包括一台松下 Varicam HD摄像机、一个长焦镜头、一个广角镜头、一个三脚架和一组滤镜。林斯特罗姆说："当我外出时，我几乎总是使用偏振滤镜。"

"永远记住，没人愿意倾听一些逸闻或你为什么没有拍到东西的解释，"林斯特罗姆说，"如果太阳没有升起，你什么也做不了，没人对你的抱歉感兴趣。"

由于电脑网络和电视台的需求不断增加，林斯特罗姆对纪录片和新闻纪录片的前景非常看好。过去，一部纪录片一旦拍完，就注定只能作为DVD发行或在电影节巡回放映。但是由于有了多种有线电台需要播出的内容，而且像iTune和Netflix网站会提供重播字幕标题，纪录片有机会在货架上呆的时间更长一些，观众也会更多一些。

第四章
影像的撷取与剪辑

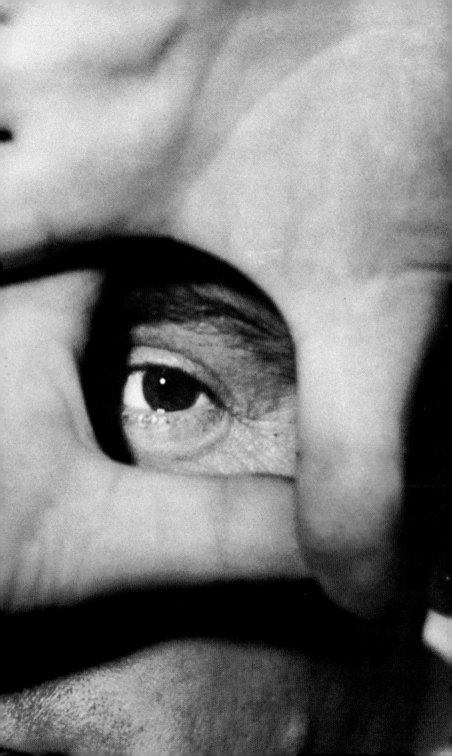

4 影像的撷取与剪辑

现在，对于你如何处理所拍摄的数码影片几乎没有什么限制，你可以把它放到你的个人博客上，可以在家里播放，甚至可以卖掉它。

但是，首先你可能需要把你拍摄的素材进行剪辑。对于那些喜欢把谜团放在一起的人来说，这可能是他们制作数码影片中最喜欢做的一部分；而对那些只喜欢拍摄活动本身，而不考虑以后在电脑上的工作的人来说，这项任务就可能是一件令人气馁的事情。但是，事实就是如此。剪辑可以很简单，比如，把在周末旅行时拍摄的影片中没有用的片断去掉，或把它们混合在一起。如何选择，完全掌握在你的手中。

这里有一些很好的理由，能够说明为什么你需要尝试一些比较复杂的方法。在剪辑的过程中，故事中的时间顺序可以得到戏剧性的改变。通过把根本不同的影像片断组合在一起，你能创造出一种情调和令人印象深刻的记忆。再配上音乐和标题，你就有了一部完整的影片，它要比零散的片断好得多。因此，你肯定更喜欢观看剪辑过的片子而不是平淡无味地回放未剪辑过的片子。

如何使用本章

无论是使用Windows® Movie Maker®还是Apple® iMovie®来创造你的故事，其剪辑方法基本相同，但详细情况却有所不同，记住这点。我决定首先给你们介绍应如何对待你的工作，然后，在本章的结尾处，你会学到如何利用Movie Maker和iMovie剪辑影片的步骤说明。

你可能恨不得马上就去学习和了解你手头的影片，

且慢，先看上十多分钟的书将是明智之举。仔细观察、掌握一些有用的技术提示，会为你节省很多因剪辑失败而浪费的时间。

构思故事情节时，要一帧一帧地考虑，就像准备脚本时一帧帧地考虑情节。

剪辑的7个步骤

简单说，数码影像的撷取和剪辑有7个基本步骤，我们先快速地了解一下，然后再一条条详细讲解：

1. 将磁带放入摄像机，播放录制好的数码影片。
2. 再次观看影片，并选择最好的影像片断输入电脑。
3. 将声音和文字加到节目上。
4. 在软件的时间轴线上整理影像片断。
5. 在影像片断之间加入转场（如渐隐、叠化、推出/进）。
6. 加入音乐、画外音，并对影片作最后的调整。
7. 在适当的地方加标题。

回放你的影像片断

大多数人一般是先在摄像机上回放所撷取的影像，目的是要节省硬盘空间。以原质素撷取的数码影像每分钟消耗3.5MB硬盘空间，一小时就是13GB！由于硬盘价格下降，这不是什么问题，但是你应该养成习惯，在下载所有的影像前，花时间安排和撷取你所要的主要部分。

如果你要下载整个录影带的东西，你可以在Windows的Movie Maker中用WMV格式撷取影像。这种格式会将影像压缩至原数码影像所需空间的一半。如果你想在电脑上播放或刻录DVD，这可能是最好的选择。如果你想剪辑后再录制回磁带，那么在撷取影像故事时要始终坚持最高质素影像的选择。

而回放录像带的另一个重要原因是为了重现最初拍摄的场景，从而有利于对整个项目的组织。如果花一些时间来确认影片中一些重要场景并撷取这些场景到片断中，你会很轻松地围绕你的主题，并将这些片断融入到你的故事中。像

Adobe Premier Elements和Apple Final Cut Pro这样更先进的剪辑程序，可以使你在摄像机上预览你的影片并通过它内置的时间代码将个别片断插入到影片中。回放录影带并将影像片断输入后，该软件将控制摄像机严格地按照你设置的起止点下载影片。在使用Movie Maker和iMovie软件时，若想避免下载整盘带子，需用手动设置来撷取影片中的部分。两种方法都要做一些工作和花一些时间，但是一旦你花费了时间去撷取和组织最好的影像片断，你会对你的剪辑工作进行得如此之好而感到惊奇。

今天的摄像机和强大的电脑功能使数码影像的撷取和剪辑几乎成为插入播放这么简单的过程。但是当你第一次做这项工作时，你需要做好准备来解决遇到的问题。

将影像片断从摄像机导入电脑

在电脑、摄像机、数据线、硬盘和软件中有太多的变量，你必须要在物质上和心理上做好准备，花些时间来解决技术上的故障。不管你是使用Windows PC还是Macintosh，目的都是使电脑和你的摄像机之间取得成功的连接。如果你有一台新的摄像机和一台新型电脑，你就不会有这么多的问题，因为这些过程大部分都是自动完成的。无论你有什么设备——新的或是旧的，PC或是Mac——在剪辑的过程中一定要写笔记以记录具体的过程，一步一步，边做边写并存档，用于以后当你发现丢失视频数据使影片出现跳跃时做参考。这时，你会庆幸自己当初作了笔记。

如果你在撷取影像时有困难，首要分析电脑的运作能力。若什么都没有，你就需要一台新的处理能力强、内存大、有足够硬盘空间来撷取影像的电脑。

如果你在使用Windows XP系统或最新的Microsoft Vista操作系统，那么只要电脑上有一个速度很快的USB 2.0或FireWire接口，就不会出现下载影像方面的问题。所有新的Macs都使用OSX 操作系统；FireWire和USB 2.0快速接口。所以，你不会在连接和影片下载方面发生困难。Apple视频软件程序叫做iMovie HD，是相对便宜的iLife软件包中的一部分，该软件能够下载和编辑标准的DV和HDVD两种格式。

格式的差异

正如我们讨论过的，撷取影像的格式有很多种。我认为，使用Mini-DV带的摄像机是最容易下载和剪辑的。这种摄像机用DV格式（一种工业标准压缩格式，720像素×480像素）将数字信息写入Mini-DV带。分别和Windows XP和Mac OS X系统使用Windows Movie Maker 或Macintosh iMovie软件，可以很容易地编辑这种压缩格式。目前，Movie Maker包含在Windows操作系统中，而苹果机的iMovie是其iLife软件包中的一部分，该软件包包括iDVD®、iPhoto®、GarageBand®和iWeb®。iLife®文件包的价格在80美元以下。若购买该软件包，你花的每一分钱都是值得的。

新的高清电视的迅猛发展给消费级摄像机厂商使用这项新技术造成很大消费压力。2003年，佳能、JVC、索尼和夏普厂家的联合小组推出一款消费级的高清影像格式，其屏幕分辨率为1280×720P 或1920×1080i。其中，P代表逐行扫描，i代表隔行扫描。对于这点，你只需了解"P"意味着对每帧影像全部进行扫描，而"i"代表每帧图像分为场扫描2次。HDV也使用IEEE（FireWire）接口，宽频比为16：9。HDV使用MPEG-2压缩格式，所以它需要能支持的软件。

Apple使用新的iMovie HD软件使这项工作变得简单易行。如果你决定投资购买更先进的剪辑程序，Adobe Premiere Elements 2和Apple Final Cut Pro HD都是以其HDV格式撷取和剪辑影像。Adobe Premiere Elements 3的价位是为入门级摄像师准备的，它能从包括HDV、DVD、WEB摄像机、移动电话和使用闪存的MPEG-4摄像机在内的任何介质设备中输出影像。

所有对于这些技术的谈论的目的，就是让你在花时间从摄像机下载影像资料时一定要研究如何来连接你的设备。

准备开始

将摄像机插入Fire Wire或 USB 2.0接口，打开电影软件程序，给项目加标题。下一步务必将撷取的影片片断放在你新建并命名的文件夹中，这很重要。当硬盘中有几百个片断时，如果没有在开始时就有组织地放好，那整个剪辑过程将会很混乱。

大多数的影像剪辑程序要求你在工具栏安装"撷取"功能。"撷取"

在一个大显示器屏幕上观看你经过最初剪辑的影像，会让你大受鼓舞。

关于成功撷取影像的建议

1．保证你的摄像机可以通过FireWife或USB 2.0接口与电脑连接——特别是那些安装有多媒体连接的新摄像机。如果你的电脑上没有IEEE 1394卡，还有很多种卡可以与其一起工作。

2．如果不能将你的摄像机与Windows或Mac系统的影像程序连接，检查剪辑程序选择中的设备控制设置。影像格式的种类和分辨率必须和摄像机的规格一致。如果都不一样，比如电脑的代码用英文书写，而摄像机的代码用葡萄牙文书写，则两种设备不兼容。

3．如果你仍然不能连接你的摄像机和电脑，问题可能出在FireWire电缆。在Windows系统中，控制面板可以向你显示电脑是否真的识别出摄像机。在Windows系统，打开控制面板>扫描仪和照相机，看看摄像机是否在窗口显示。如果没有显示，试着与另一个FireWire接口连接（如果有的话），并且换一根FireWire电缆以确保你使用的电缆没有问题。

4．再次检查确认你使用的摄像机和格式与你使用的剪辑程序是否兼容。在网站上有关于与Adobe和Apple保持兼容性的简介。如果你的摄像机上没有列出测试装置，那可能是硬件的问题。

5．使用网络对特殊摄像机和软件的问题提问，或在摄像机网站上寻找驱动器更新。厂家在使产品迈向"即插即播放"的过程中花费了很大的努力。但是，仍然有些人发现这部分令人困惑。

6．你的摄像机和软件务必是最新式的，这可以在长时间内避免兼容性的问题。如果你有一台比较旧的系统软件、一台比较旧的电脑和一台旧的摄像机，你会在连接上出现很多问题。

7．要有一台对比度好的大屏幕显示器，建议用分辨率为1024×768或更高的显示器。若你的经费承担得起，再配置第二台显示器。影片的剪辑过程中需要大量的显示空间来观看剪辑情况，特别是当你使用更先进的程序时更是如此。你的显示器应该是用标准化的方式校准过的，这听起来比实际上要复杂一些。在Windows系统中你可在控制面板>显示>Adobe Gamma（如果电脑上装有Adobe Photoshop Elements 或CS系列软件，Adobe Gamma就自动配置上了）上找到它。

8．建议把Adobe Photoshop作为你使用的软件的一部分，添加静态图像

购买摄像机要确认你的电脑有与之兼容的连接设备。

可成为你节目中很有趣的一部分。

9. 如果有足够的空间并在经济状况允许的情况下，建议尽可能多地安装内存，存储量至少在512 MB（HD则要1GB）以上。同时还需300 GB的硬盘空间来撷取影像和保存你的项目。你可以有一个较小的硬盘，但是为数码影像配置一个外接硬盘是比较理想的。驱动器必须用FireWire来连接，从而能够流畅地传输撷取的影像资料数据而不丢失一帧图像。也可以用USB 2.0连接，其数据传输比率为400 MBps。而DV影像能以3.6MBps的速度写入硬盘。以这个比率，你可以在硬盘上以每小时12GB的速度占用存储空间。当然，在进行数码影片的剪辑时，电脑本身也需要另外的工作空间。所以，你可以看到，安装你能承受得起的最大硬盘是完全必要的。

10. 最低限度，要确保你的电脑上有Windows Movie软件或Mac iMovie软件。如果可能，你应该在最新的Adobe Premiere Elements 或Apple Final Cut Express HD 上投资，这将从根本上使你的编辑系统大大有利于你的创造性发挥。

11. 下一步就是把你的摄像机插到电脑的FireWire或USB 2.0接口上，并开始你的影像程序。确信摄像机已开始播放你录制的影像（在DV摄像机上通常都标有VTR或VCR），并且通过影视程序能够看到和控制影像的播放。一旦掌握了如何连接摄像机，如何与电脑沟通及将影像下载到硬盘上指定的文件夹内的方法后，把重要的、成功的步骤记录下来并保存在桌面的文件夹中，以备日后参考。

功能能够打开一个设备控制窗口，直接控制摄像机的播放、停止、倒带和快进。如果你在控制摄像机上出现麻烦，到程序选择上更换设备控制装置，问题会因装置的更换而解决。

在显示器的预览屏幕上回放拍摄的影片，看到你想撷取的影像单元时，点击"开始撷取"，并在此片断结束时点击"停止撷取"。这时，你只下载了你需要的影像片断，并可以将它放进硬盘上的文件夹中。重复这个过程，直至完成整个录像带。给录像带和影像片断按内容命名，使你很容易地知道其内容。我用剪辑当天的日期或拍摄日期来命名。假如今天是 2007 年 1 月12日，我就在带子上标上 011207。如果你有好几盘带子，那么在日期后划上横线，再标上顺序号，如011207-2。当你输入影像片断时，带盘或录影带上的号码就加到了文件夹上。这样，你总能根据这些编号很快找到母带。一旦你有几百段影像和很多盒录影带时，你会发现这种编号会使你省很多力气。

撷取了你需要的所有影像片断后，关闭撷取窗口。现在你应该看到你撷取的所有影像片断都在项目（Project）窗口，准备被拽到剪辑时间轴（Timeline）窗口。

检查影像片断时，避免撷取那些抖动、对焦不准或光线很差的影像，坚持高标准。这时你应开始制定如何剪辑素材的计划，以及如何填补片断之间的间隔。

关于先进的程序

Adobe Premiere Elements和Apple Final Cut Pro HD中的剪辑原理都是一样的。它们允许你输入影像片断并将其分类，同时也记忆和显示每帧影像的原始时间代码。使用这种程序，你可以加入关键词和说明文字，因此，你可以使影像片断自动组织到你指定的文件夹中。但是当你打算花费时间去摆弄在不同时间、不同地点拍摄的录影带时，这种程序就没有什么价值了。

撷取类比（模拟）影像

尽管这是一本关于数码摄像的书籍，但是对于我们大多数人来说，在Hi8或VHS上的磁信号消失前，上面都有我们想保存的重要影像资料。若资金不足，你可以购买一个影像转换器，将摄像机中的信号转换成数字信号，并保存到电脑的硬盘上以进行剪辑或刻成DVD或CD。

你的新摄像机也可以作为转换器使用，这样你可以从你的老式摄像机或VHS机器上直接将影像录制到你的新摄像机上。检查一下，你的数码摄像机是否有一个圆型的S-video接口或复合视频（标有黄色记号的RCA圆环）输入口，录制通过连接器进入输入口的信号。在录制模式将信号输入到新的摄像机时，只需要连接和播放旧的摄像机就可以了。在花大量的时间做这项工作前，先试着录制一个短的片断，看看你都得到些什么。记住，并不是所有的数码摄像机都接受外部信息的输入，因此在开始前要阅读使用手册。

剪　辑

NLE——或非线性剪辑——是当今人们优先选用的一种剪辑方式。将你撷取的影像作为主要素材制作出时间轴，再配上音响效果，这将最终成为你完成的影片。你真的不能出错。你可以拖动鼠标回到另一个片断，增加或删去一些剪辑点，通过将片断拖到时间轴上的一个新的点来记录其位置，并加上音乐或删去令人讨厌的场面。剪辑控制的速度很快而且是循环操作，不用来回倒带。在线性录影带的剪辑时代，如果你改变了带子的某一部分，你不得不将从那个剪辑点往前的整个部分重新做，这令人非常厌烦。我甚至还没提在复制录影带或增加转场效果时影像的不断受损，每次复制都会造成带子上的数据或细节的丢失。

选择剪辑程序

现在大多数摄像机都配有使你能够制作数码影像的软件。在我们开始讲解几种程序之前，我要再次提示大家，现在市面上的剪辑程序要比这本书里提到的先进得多，但是剪辑过程和原理都是一样的，无论你使用的是入门级的剪辑程序还是专业级的剪辑程序。

在时间轴上编排你的影像片断

用iMovie HD（Mac）或Movie Maker（Windows）剪辑影片很简单，而且两者的原理几乎是一样的。你放在硬盘文件夹中的影像片断应该能在你创建的项目

时间代码可帮助你组织影片

时间代码的排列为时、分、秒、帧，它使你可以准确地在数码影带或撷取的影像片断中找到你需要的部分，因为每帧都有时间代码。当然，这种特点只能在比较先进的程序上找到。

浏览窗口中看到，下一步就是在时间轴上编排你的影像片断。

时间轴是在剪辑程序底部的一个窗口条，在那儿你可以从头至尾制作你的影片。如果喜欢，还可以加上声道。你只需把一个个片断拽到里面并按照你想要的顺序排在一起，而且稍后，你还可以用美学方式加工、编排你的故事。不过，眼下还是让我们的故事简单一点吧。

转 场

转场可以增加影片的魅力，但是如果过度使用，会损害影像。关键是开始时就要有节制地在一些影像片断中间加入转场，但一定不要过分使用，我常把过度使用横摇、旋转及类似的做法称为"二手车广告法"。你们在许多引人注目的汽车广告和其他一些粗制滥造的影片中常可以见到这种情况。在这些影片中，设计者运用了手中所有的工具。是的，他们的确吸引了你的注意力，但是，不要耍花招来掩盖影片的弱点。那些转场使我们厌烦，最主要的，是破坏了影片中故事的讲述。

最常用和最简单的转场是直接变换镜头和淡出。镜头的直接切换是指不加转场，把镜头片断组合在一起的剪辑方式。例如，如果你看到一部电影中，演员们在房间里谈话。该场面极有可能是使用了演员及他们在倾听或谈论的观点之间的镜头直接切换的一组场景。淡出是两个场景，其中一个场景慢慢消失在另一个当中。这种技术通常在表达忧伤的气氛或表达时间的转换时使用。下面是我推荐的一些简单转场：

一些摄像机配有输入、输出接口，以加快将数码影像导入电脑的速度。最近的一个改进就是摄像机上包含了一个小小的FireWire连接器（左下）。

小帖士：

要考虑的剪辑程序：

* Adobepremiere Elements
* Sonic Foundry Vegas
* Ulead's Mediastudio Pro for the Windows Platform
* Apple's Final Cut Express for the Macintosh
* Apple Final Cut Pro HD
* Adobe's Premiere Pro 2.0

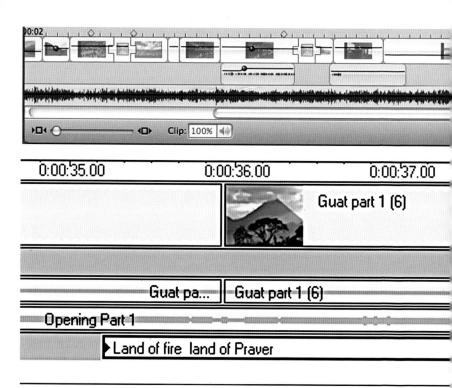

1. 渐隐（dissolve）：这是一个镜头渐渐隐没在下一个镜头中的转场。渐隐的时间长短可以不同，但是任何转场超过了几秒钟，就会把观众的注意力吸引到转场本身来。当使用渐隐两秒钟，你就从片断的连接中各失去了一秒钟的影像。换句话说，在每个片断会出现一秒钟的渐隐。这里的关键是，试验一下渐隐时间的长度，有时候2到3秒的渐隐确实具有梦幻般的美感，特别是当配上音响效果时。

动画和3-D

特 技和3-D的制作可以通过像Adobe After Effects和Apple's Shake and Motion这样特别的程序来完成。如果你发现自己对影像编辑感兴趣，这些就是我推荐给你的程序。但是，在开始尝试这些程序前，我会先了解编辑的基本知识。对许多初学者来说，花些时间和努力向专业操作人员学习是很必要的。

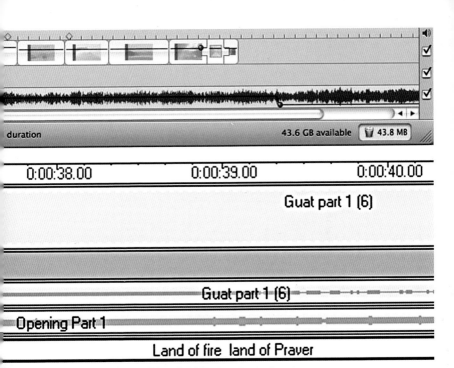

2. 叠化（wipe）：在这种以各种不同的几何图形出现的转场中，后来的镜头抹去前一个镜头并将它覆盖。这也可以颠倒过来，渐渐褪去的镜头引出新的镜头。注意，这些效果可能真的很别致。Apple通过使用计算尺让使用者预览时限，Windows则在时间轴上创造转场的重叠。你可以增加或缩短片断的重叠。这里再重复一次，要根据它们的长度来播放，以确定你所需要的。

3. 推出/进（push）：正如其字面意思，刚出现在屏幕的镜头将前一镜头推出屏幕外。这种处理可以从上到下或从左到右。

Apple和Windows都有很多转场特效供你选择使用，其中Windows Movie Maker软件至少有60多种。

音轨

早些时候我强调过，对于一部成功的影片来说，采集声音是多么重要。学习如何在音轨上添加追加的声音和音乐效果，会使你的影片上升到另一个水平。今天的影像剪辑程序的美妙之处——即使最普遍的程序如iMovie和Movie Maker——就是你可以在录制的片断之外增加一个或两个或更多的音轨。除了影像本身的声音外，Movie Maker只允许增加一条音轨，iMovie可增加两条音轨，而Apple的Final Cut 程序可以加很多条音轨，它们能够很微妙地控制音层和音质的调整。

了解声音的属性

也许你还记得在中学上物理课时学过，声音就是人耳探测到的、频率为20赫兹（Hz）到20千赫兹（KHz）的声波。较低频率的声波听起来音调低沉，较高的频率则听起来音调高。

这些声波和它们的频率以能确定音调和音量的比率使耳鼓振动。这些类比声波被转换成数字"1"和"0"，并将这些值以电脑能够理解的格式记录下来。CDs每秒钟的脉冲信号是44100次。现在大多数摄像机以每秒钟48000次（或48千赫）的速率将声音转变成脉冲信

无论使用Windows Movie Maker还是iMovie HD，这些程序都有效果库，可以叠加文字和图示。

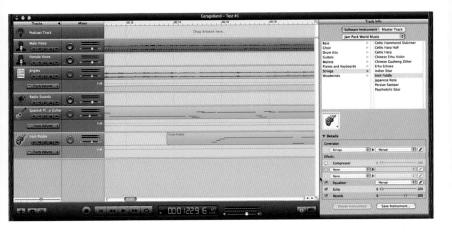

号，其质量非常之高。

比特深度（Bit Depth）

那么，什么是Bit Depth，你为什么要关心它呢？Bit Depth是声音取样时的质量水平或深度。比如，拿一个杯子每秒钟向咖啡壶里倒10满杯水，那么用同样的比率（每秒10杯），每次取1/4杯水而不是一满杯水倒进咖啡壶里，在取样时间结束后，你只会得到原水量的1/4。同样的原理也适用于声音的Bit Depth，12比特、16比特、或24比特比8比特要好得多。比特深度较低，即使以较高的比率取样，声音也不会很清楚。

现在最重要的是，录制在摄像机上的取样比率和Bit Depth应该与编辑程序上选择的配置是一样的。在这种情况下，采样比率和比特深度越大越好。幸运的是，我们的编辑程序通过拾取，将重要的音频和视频转换成合适的取样、Bit Depth和格式，从而使事情简单化。

值得注意的是，从拾取到最后剪辑都要坚持声音的高取样率和Bit Depth，因为观众对差的音质比对糟糕的画面更敏感。

有关版权问题

今天的技术使你从音乐库中的CD下载音频资料

Apple Garage Band®是一种能为你的音轨提供多种选择的程序。如果你弹钢琴，你应该看看MIDI键盘，把它与你的电脑连接在一起。

变得非常容易，就像从网页上非法复制并被利用一样容易。你应避免使用你无权使用的音乐，知识产权得到所有有创造力的人士的积极保护。如果你回到家，发现有人在任意使用你的东西，你会怎么想？每次，在你没有得到允许而把一首歌曲用在你的作品中或广告中，你就是在剽窃。

如果你出售该产品，你会发现你处在麻烦的漩涡里，而且罚款是相当可观的。网上有很多价格低廉、无版权约束的储存库，你可以从中下载你需要的东西而避免以上的法律问题。同时，像Apple的GarageBand中也有很多非常有用的、无版权约束的音响效果和音乐链接。所以，应密切注意怎样以及何时使用"借来"的音乐、影像和其他图像资源。

最后，不要忽视自然界中的声音和音乐。你可以拾取自然界中野生动植物的声音，甚至动手创作一些音乐。如果你会弹钢琴，为什么不录制一首呢？你也应该开发MIDI系统的潜力——为键盘和电脑配置的音乐界面。1985年以来，我自己创作音乐。制作影片最令人满意的一个方面，就是使用我自己制作的声音和音乐。

在这部危地马拉的影片中，我花了大量时间来拾取乡村中的声音并用于故事的叙述当中。

照 片

现在没有任何东西能阻止你把其他影像元素放进你的影像中。很明显的一个选择，就是你家庭相册中的照片。将家庭照片或反转片扫描到你的项目非常简单，而且它能增加作品的震撼力。你还可以通过增加、删除或叠加背景来扩大照片的影响力。你也可以在绘图程序中设计、编辑标识。

标 题

作品的标题对影片来说具有非常重要的作用，它们决定了影片的情调，并说明故事发生的地点。因此，很多摄像师不遗余力地创作优秀的标题。

简炼而精辟的标题，能够提高你的影片，去掉一些不必要的叙述。我宁愿看影片下方淡入的短标题"亚利桑那沙漠"慢慢地滑过沙漠，也不愿听到有人在麦克风中讲述的声音。在画面中没有人说话和走动的声音，而只让自然的声音和画面出现，这样的效果要好得多。记住，影像的目的是向观众传达一个视觉故事，所以，尽可能地不要去妨碍他们。

风 格

基本的标题有两种风格：叠加和全屏。当你叠加一个标题时，字体覆盖在已经存在的画面上，就像我前面描述的沙漠画面一样。全屏标题则只有标题而无其他。在全屏的情况下，不论用色彩还是一幅静态图片制作为背景都需要对字体的润色、修饰。

把标题文字覆盖在影像上面会产生很多挑战，如在多雾的早晨是选择微暗的场面还是亮色场面等，需要特别注意这些问题，以便观众能在移动的影像上清楚地看到标题。

小帖士：

MP3档案的重要性

Windows Movie Maker和Apple iMovie都可以输入MP3歌曲，但是iMovie程序不能输入WMA（Window Media Audio）格式。如果你计划放在移动档案中，最好的方式就是让它们保持MP3格式。另外，还有质量较高和未压缩的格式，如AIFF。但是，这些格式占用大量的运作能量和硬盘空间，在你的音频编辑技术提高之前，保持简单的做法。

iMovie 能够有组合图片库中的照片，你只要通过程序中的浏览器将照片导引至iPhoto库并将其拖到你要插入的轨道中即可。

下面是涉及标题的一些基本原则：

1. 注意边缘部分。和电脑的屏幕不同，电视对影像的扫描超大。换句话说，就是会对画面进行少许剪切来避免画面外不想被观众看见的记录视频的数据和信息显示出来。

2. 当制作标题文字并把它放到影片中时，Movie Maker 和iMOvie都为标题的边缘提供了必要的缓冲区域。更先进的程序允许你打开或关闭能够显示标题和影像上安全操作区的区域框。

3. 在选择标题字样的色彩、大小及显示时间时，要预览影片。只有通过预览标题的场景，你才能决定它的长度。要选择合适的长度，读起来既不能太长，也不能太短。

4. 在不变形的情况下使文字尽可能得大。高清LCD 屏幕上晃动闪烁的问题比老式CRT电视要小得多。无论在何种情况下，都要避免字体过细或过宽。再说一遍，制作一个测

试性的DVD并在电视上预览，它会告诉你是否有问题。

现在，用你的标题试验一下。你不会破坏任何东西，大胆点，试试各种不同的转场效果。有一些很有趣，但是开始的时候还是保守一点。当你掌握了基本技巧后，你就可以创造出自己的风格。

Windows Movie Maker有一个简单的标题窗口，供你制作具有各种效果的标题并插入到程序中。

结　　论

现在，大家已经明白我不可能告诉一种万能的方法去编辑你的影片。这是你和你的电脑之间需要解决的问题，在学习程序的操作规程前，我只能告诉你们一些原则：

1. 保持故事的连续性，使观众能够跟上你的情节。

2. 画面要简洁，剪辑掉不需要的场面。

3. 使用广角定场镜头把你的观众都纳入画面中，然后把广角镜头、中景镜头和近景镜头组合在一起。

4. 编出故事的开头、发展和结尾。

5. 如果你要配乐，不要用它刺激观众的听觉。

小帖士：

影片中的字样、转场和各种效果要始终保持一致，这样观众看起来要比不同风格的效果和转场的组合舒服得多。

Windows® Movie Maker® 软件操作步骤：

① 将摄像机连接到电脑，打开摄像机。Windows系统会自动打开窗口询问你所要选择的操作。选择Windows Movie Maker。

③ 如果检测到错误的连接，返回系统的控制面板，找到扫描仪和照相机的图标，点击。

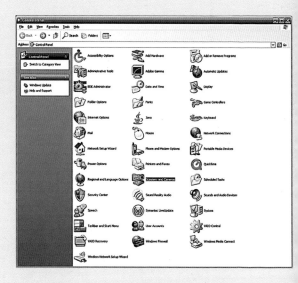

② 如果电脑不能识别出你的摄像机（大多是因为摄像机未打开或未采取正确的设置，再或者是摄像机与你的系统不兼容），这时你将会看到此警示窗口。

④ 如果你能看到你的摄像机图标，那可能是由于错误的设置而导致电脑无法识别它。检查摄像机手册以找到正确的设置。如果你看不到你的摄像机图标，查看摄像机厂家的网站。

Windows Movie Maker 软件操作步骤：

⑤

在工具栏上找到任务项，单击。在影像设置（Video Device）中单击撷取（Capture），影像撷取压缩屏幕打开。此时电脑会询问你将要把撷取的影像片断存入的项目和文件夹的名称。

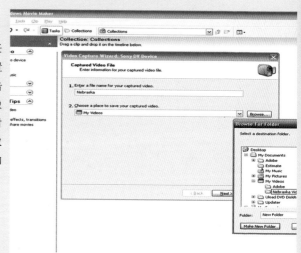

⑦

决定是使用手动模式还是自动模式来撷取影像。如果选择自动模式，单击下一步（NEXT），影像的撷取自动开始。

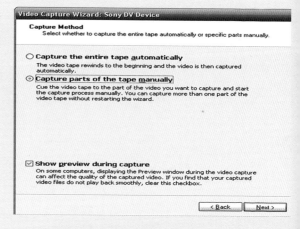

⑥ 下一步，电脑将会询问你要存入影像片断的格式。选择最高配置，以确保影片的质量。在Windows系统中，会将影像压缩成WMV格式。

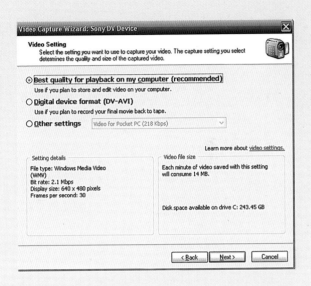

Video Capture Wizard: Sony DV Device

Video Setting
Select the setting you want to use to capture your video. The capture setting you select determines the quality and size of the captured video.

⊙ **Best quality for playback on my computer (recommended)**
Use if you plan to store and edit video on your computer.

○ **Digital device format (DV-AVI)**
Use if you plan to record your final movie back to tape.

○ **Other settings** Video for Pocket PC (218 Kbps)

Learn more about video settings.

Setting details

File type: Windows Media Video (WMV)
Bit rate: 2.1 Mbps
Display size: 640 x 480 pixels
Frames per second: 30

Video file size

Each minute of video saved with this setting will consume 14 MB.

Disk space available on drive C: 243.45 GB

< Back   Next >   Cancel

⑧ 如果选择手动模式，使用位于预览（Preview）窗口下方的DV摄像机控制（DV Camera Controls），当看到你需要的影像时用开始撷取（Start Capture）和停止撷取（Stop Capture）按钮来操作，该影像片断将自动出现在采集（Collection）窗口。

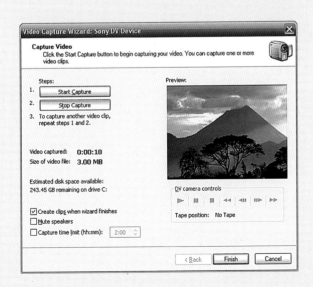

Video Capture Wizard: Sony DV Device

Capture Video
Click the Start Capture button to begin capturing your video. You can capture one or more video clips.

Steps:
1. Start Capture
2. Stop Capture
3. To capture another video clip, repeat steps 1 and 2.

Video captured: 0:00:18
Size of video file: 3.00 MB

Estimated disk space available:
243.45 GB remaining on drive C:

☑ Create clips when wizard finishes
☐ Mute speakers
☐ Capture time limit (hh:mm): 2:00

Preview:

DV camera controls

▶ ❙❙ ■ ◄◄ ◄❙❙ ❙❙► ►►

Tape position: No Tape

< Back   Finish   Cancel

Windows Movie Maker软件操作步骤:

⑨ a.

在影像任务（Movie Task）栏，如果你需要从以前录制的影片中为你制作的影像引人更多的片断，你可以打开影像导入（Import Video）窗口。

⑨ b.

拖动屏幕下方窗口中的移动条找到图片库中影像片断保存的名称。

⑩ a.

剪辑过程中有两种选择：分镜头（Storyboard）显示或时间轴（Timeline）显示。要想看到它们，点击影像任务栏上面的电影片断图（Film Clip Icon）（显示：分镜图）。

⑩ b.

按分镜头显示的模式包括了所有的轨道和转场，而按时间轴显示的模式则使安排图片的顺序更容易（显示：时间轴）。

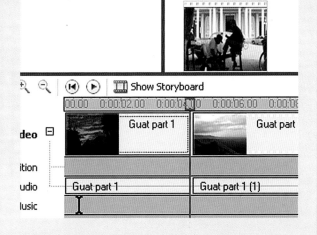

Windows Movie Maker软件操作步骤：

(11)

通过点击和拖动的方式将影像片断拖入时间轴。

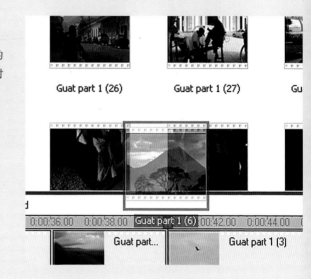

(13)

在时间轴上放置了一些片断后，对自己的工作预览一下，点击时间轴工具栏上的播放按钮，就位于电影片断图旁边。

⑫

在将影像片断拖动至时间轴之前，先预览影像片断。播放（Play）按钮在预览窗口的下方。

⑭

如果一个影像片断的前后有一些没有用的场景，你可以在时间轴上把它剪辑掉。转到时间轴选择片断，你会见一条紫色的线表示镜头的开始。

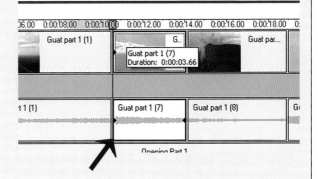

Windows Movie Maker软件操作步骤:

(15)

拖动紫色的线到影像片断上,指出你需要的新的起点。在预览窗口,你可以看到正在移动的画面。这同样适用于片断的结束点的选择。

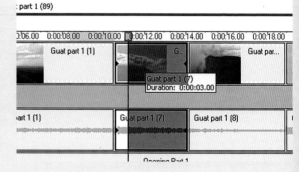

(17)

你也可以在将影像片断拖入时间轴之前对影像片断进行分解。拖动预览窗口下方的播放滑块到你要分解的地方,点击预览窗口右下方的片断分解(Split Clip)按钮。

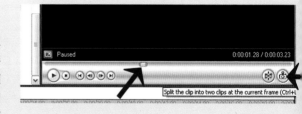

⑯

如果想把片断分解，双击该片断进行预览。移动时间轴滑块到你要分解的地方，在菜单上选择片断（Clip）>分解（Split），使用Ctrl+Z快捷键在储存前删掉所有你不喜欢的场景。

⑱

在时间轴的分镜头画面中插入转场，到采集菜单窗口选择影片转场。然后，从66个转场特效中挑选一个。

Windows Movie Maker软件操作步骤:

⑲

将选择的转场拖到时间轴上片断画面之间的转场盒中。要改变转场的时间长度，拖动时间轴上的终点，就像你对片断所做的那样。

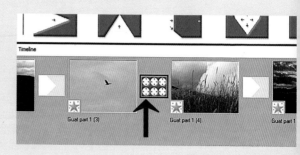

㉑

接下来，在时间轴上移动光标到你要开始录制画外音的地方，然后单击开始叙述（Start Narration），结束后单击停止叙述（Stop Narration）。

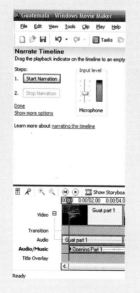

⑳　　要加入画外音（叙述），将麦克风连接到电脑上。选择工具（Select Tool）>叙述时间轴（Narrate Timeline）。选择在叙述窗口中的显示更多选项（Show More Options），要保证你能在第一个下拉菜单上看到声卡，并在第二级下拉菜单看到麦克风已经连接上。彩色输入水平条（Input Level）能帮你调整声音。

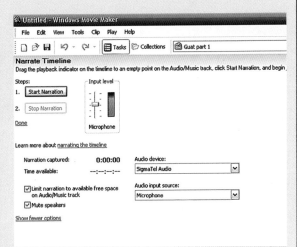

㉒　　从CD上增加音乐，返回电影任务栏选择音频输入或从撷取影像菜单中选择音乐。从弹出式窗口中显示的媒体库中选择一首歌曲。要保证你把歌曲放到正确的采集窗口（在你编辑的影片中）。

Windows Movie Maker 软件操作步骤：

㉓

把音乐拖入时间轴上你要放置的音频／音乐（Audio/Music）轨道。你会看到一条蓝色的音频频率线以及你的歌曲名称。如果你想缩短音乐的时间，进行的操作就像你对影像片断所做的一样。

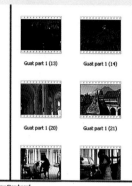

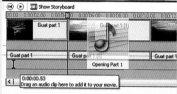

㉕

进入下一步，在适当的文本框中输入标题和副标题。在这个窗口，你可以有多种选择以做出个性化的标题。在预览窗口预览所做标题。点击完成（Done）。

㉔

制作标题，将时间轴上的播放点移动到打算让标题出现的地方。选择工具（Tools）中的标题和字幕（Titles and Credits），然后从给出的 5 个选择中挑选。

㉖

当标题出现后，你可以将编辑点拖到标题上面来调整标题的时间和长度。要删去标题，只要选中并删除即可。

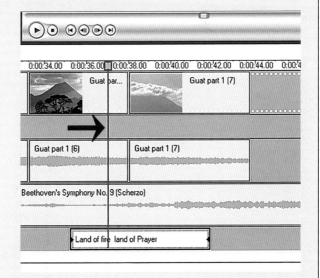

Apple® iMovie® 软件操作步骤：

(1)

将磁带插入摄像机并通过FireWire线缆与Macintosh 电脑连接。打开摄像机，并调到VTR或VCR位置。

(3)

在左边较低处的工具栏中，你可以看到拨动开关。左边是用于导入影像的摄像机图像，右边是用于剪辑的剪刀图标。将开关拨至摄像机图像一边。

② 打开 iMovie 软件。在工具栏上方，选择文件（File）>新（New），一个项目制作（Create Projeet）窗口出现。验证摄像机的格式并为文件夹命名。稍后，你要把所撷取的影像输入到该文件夹中。

④ 在顶部的工具栏中，选择文件夹（File）>优先（Preference）>导入（Import）。选择片断导入（Clip Pane）以便分类以及在每个场景间插入新的片断。否则，摄像机就会一次性导入你的整部影片，从而使日后的剪辑非常困难。

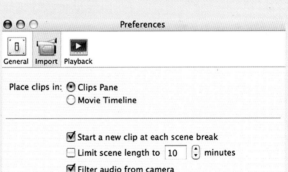

Apple iMovie 软件操作步骤:

(5)

导入的另一种方法是手动操作摄像机。从电脑上看,在画面底部有一个小小的导入按钮,在想开始或结束影像导入时,单击该按钮,影像画面将会出现在主影像窗口旁边的窗口中。

(7)

在将影像片断拖入时间轴之前,进行预览并调整。在右边片断导入窗口选择一个片断,并以蓝色边框显示。在主影像窗口底部,滑进、滑出三角形到你要剪辑的片断。在菜单上,选择(Select)>剪辑(Edit)>制作(Crop)。要取消的话,点击选择(Select)>高级(Advanced)>复原(Original)。

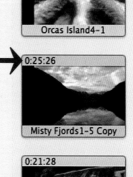

⑥

一旦撷取了所
有的影像后，把拨动
开关移到剪刀图像
一边。在拨动按钮左
边有两个时间轴选择
按钮。左边一个用于
观看分镜头显示，右
边一个用于观看时间
轴。

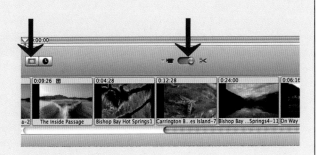

⑧

按你喜欢的顺序
将影像片断拖到时间
轴上的分镜头画面模
式中。

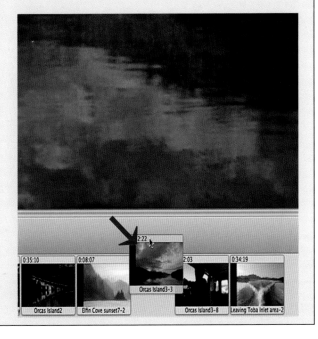

Apple iMovie 软件操作步骤：

⑨

现在，预览你的工作，把光标置于影像屏幕底端的播放点上，并移动到你要影像开始的地方。分镜头画面上的一条红线会告诉你目前所处片的位置，点击播放按钮。

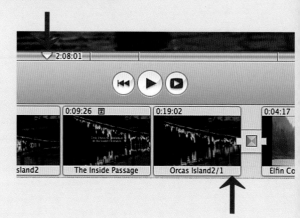

⑪

将选择好的转场特效拖到分镜头画面之间，把它放在转场盒中。一般来说，转场格通常用蓝色方框表示。新的转场下面有一条红线，告诉你此处刚添加过新的转场特效。

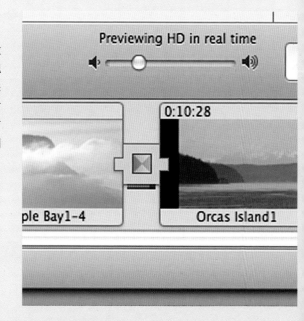

⑩

增加转场特效，
注意在左下方工具栏
上的剪辑（Editing）
按钮。选择右上方工
具栏中的转场特效
（Transitions），这时
会出现一个转场特效
选择菜单，选择一个
你需要的即可。

⑫

要调整个别镜
头或转场，通过点击
左端时间轴按钮到时
间轴，点击要选择的
影像片断（蓝色光标
示）。通过位于画面下
方的菱形制作新出入
点。黄色亮线表示新
片断的长度。

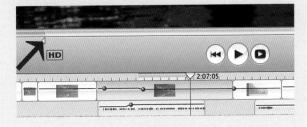

Apple iMovie 软件操作步骤：

(13)

你也可以通过调整出、入点来调整影像片断。到顶部的工具栏，点击剪辑（Edit）>制作（Crop），你可以通过Ctrl+Z快捷键回到原影像片断，或在顶部工具栏上点击高级（Advanced）>返回（Revert）。

(15)

回到iMovie程序，点击位于右下方工具栏上的多媒体（Media）按钮和右边顶部工具栏上的音频（Audio）。选择了这两个按钮，你便可以通过将时间轴上的播放点放在你要开始的地方来录制你对故事的叙述，然后用游标点击屏幕上的红色录音（Record）按钮。开始对着麦克风叙述。

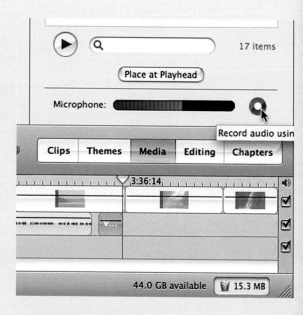

⑭

加画外音，检查并确认在OS X系统中的优先（Preference）选择了合适的USB麦克风。点击优先（Preference）>声音（Sound）>导入设备（Input Device）。在这里，你还可以检查音量大小（Sound level）。

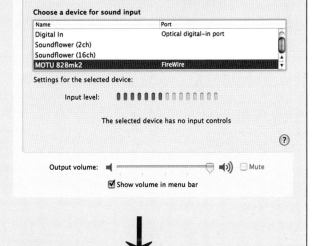

⑯

剪辑声音，加效果或过滤器，点击右下方工具栏上的剪辑（Editing）按钮。你可以通过调整各项属性来调整声音，并从顶部的菜单中添加效果。

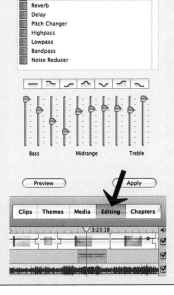

Apple iMovie 软件操作步骤：

⑰

调整音量来获得话音和背景音乐的完美混音。将光标放在时间轴中的音轨或视频轨道内的线上，通过上下拖动这条线来升高或降低单个轨道的音量。

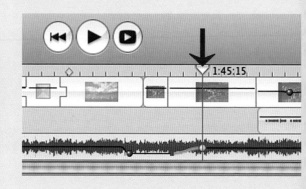

⑲

制作标题，点击右下方工具栏上的剪辑（Editing）按钮。右上方的工具栏上的标题按钮会变亮。在时间轴上你希望标题出现的地方选择标题，将标题和副标题输入到窗口适当的文本框中。选择色彩和效果，点击添加（Add）。

从CD输入音乐，选择右下方工具栏上的多媒体（Media）。在顶部的菜单中可以从GarageBand中选择声音片断，或从iTune媒体库中选择音乐。在保证你仍然在时间轴上的前提下，将你想要的声音拖到时间轴上你想要的位置。

预览标题，将播放点放在标题的开始处，点击播放按钮移动右边滑尺上的蓝色小按钮来调整标题的速度和持续时间。

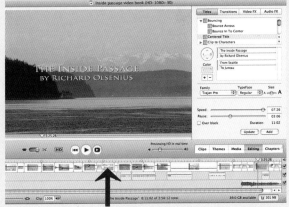

组织你的影像片断

在专业电影制片领域，制片人和剪辑师在叙述故事上是一对有效的合作伙伴。制片人致力于保持故事的叙述方式和内容始终一致，而剪辑师则把成百上千的影像片断和声音通过匹配、剪辑和分层数字化后变成一部完整的电影。

影片制作纲要、影像片断及创造性的紧密结合是在一个有很多屏幕——确切地说，在这种情况下是4个液晶显示屏和一台电视机——的黑屋子里进行的。丽萨·弗雷德里克森（Lisa Frederickson）和剪辑师正在制作一部关于美国国家地理学会的15分钟纪录片。

左边屏幕上，丽萨为所有的影像片断制作了资料库。这些影像片断是她花了很长时间从过去和最近的拍摄片断中剪辑得来的。在第二个屏幕的底部是时间轴——紫色尺形时间轴。她把与布雷达（Bredar）制作大纲时随意移动的影像片断和声音片断堆积在时间轴里。"毫无畏惧地给别人讲故事是一件很好的事情。"她边说边迅速地在预览中剪辑出声音片断。

弗雷德里克森通过两种方式学习技术：观看大量的电影，并在电影世界里学习剪辑的运用。现在，她在包括像美国国家地理和发现频道客户在内的非线性世界里做自由摄影师。她以详细的大纲开始她的工作。在她研究影片的连续镜头、审查音频和静态图像的过程中，制作了资料库，并把可识别的片断放在里面（资料的收集是关键）。"这是一个提炼的过程。"弗雷德里克森说。她把50%的时间花费在对项目文件的组织上，所以她能在与制片人一起进行剪辑时，工作进展很快。她补充说："不必担心创作的问题，你在组织材料时就是在创作。"

"不要害怕编辑不好的东西，"弗雷德里克森补充说，"但如果信息不够好，你可能会失去观众。"

国家地理在线剪辑师吉姆·希伊（Jim Sheehy）在剪辑室剪辑影片。

在电影摄影师解释他的工作方法时，弗雷德里克森检查着在带着摄像机的潜水员前面疲惫地游动的鱼群镜头。她来回播放这10秒钟的影像片断。"有时不仅仅是画面内容的问题，"她边说边提高了音量并寻找开始剪辑的切入点，"有时，最好是找出合适的时刻推出画面。"

第五章
分享影片

5 | 分享影片

很多人拍摄影片、进行剪辑并准备与他人分享。邀请一个信得过的朋友或你的配偶到剪辑室的电脑上观看影片，这可能是个好主意。这是最后审查影片的最好的地方，因为这里有高质量的显示器、扬声器，并且只需按空格键就能使影片开始或停止。

每当影片完工时，你需要确定影片的时长和大小。不管你是刻DVD还是上传至因特网，在对影片进行提炼或压缩的过程中，都要决定其规模。

什么是视频编解码（Video Codec）

我知道对大多数读者来说，技术术语枯燥无味，令人昏昏欲睡。但是为了成功地把你的工作导入DVD或上传至网页，下列段落中谈到的基本知识都是你应该掌握的。

"Codec"是压缩（Compression）和解压（Decompression）的缩略语。它既是硬盘装置，也是一款压缩软件。工程人员开发出Video Codec软件，从而将影像压缩和解压过程中的信息损失降到最低限度。

微软、苹果、索尼、JVC、松下和其他公司都在他们的产品中使用Codec软件。苹果开发了QuickTime、微软开发了AVI (Audio Video Interleave)和WMV (Windows Media Video)。

此外，还有MPEG（Motion Picture Experts Group）codec软件，用于压缩影像和音乐的家用标准软件。MPEG-3标准是大多数MP3使用的格式，MPEG-2是用于将电影压缩到DVD上的普遍方式，而MPEG-4则成为通过如手机、宽带等传送音频和影像的专业标准。

现在，苹果又开发出MPEG-4标准的新部分，叫做

H.264——为DVD和HD传输质量极好的影像。H.264是不断提高影像压缩质量的典范。H.264可以在利用MPEG-2格式的1/3到1/2数据率的情况下传输达到4倍的帧幅。

由于宽带在家庭中广泛使用，所以可以把影片放在因特网上供人们观赏或下载。

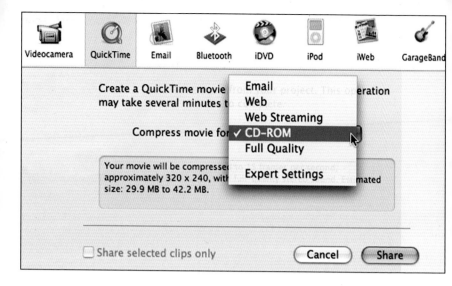

Create a QuickTime movie
may take several minutes t

| Email |
| Web |
| Web Streaming |
| ✓ CD-ROM |
| Full Quality |
| Expert Settings |

Compress movie for

Your movie will be compressed
approximately 320 x 240, with
size: 29.9 MB to 42.2 MB.

☐ Share selected clips only   (Cancel)   (Share)

iMovie窗口显示了你可以和其他人分享影片的所有方式。

用iMovie输出影像

Apple的iMovie软件上有"分享"（Sharing）窗口，为你提供 8 类选择：

1．Videocamera   2．QuickTime

3．E-mail   4．Bluetooth (蓝牙)

5．iDVD   6．iPod

7．iWeb   8．GarageBand

让我们来看第一条：Videocamera，点击该图标，它将为你提供 3 个选择。第一个选择是直接连接你的摄像机，并把影像录制回到摄像机中；第二个选择是先把影像存到一个文件夹中，稍后再把它传输到摄像机中；第三个选择是传输你以前剪辑和完成的其他影片。现在让我们使用第一种选择，把影片复制回摄像机。

1．将一盘空带放入摄像机，打开机器，设置为VCR或VTR模式。下一步，到iMovie菜单，选择Share From > Videocamera > Share，将影片下载到摄像机。此时，在程序开始将影片导入到摄像机以前，你可能要等候片刻，用以提取所有的转场和音轨。如果摄像机处于开机状态，且模式正确，那么当iMovie准备好

分享影片时，会自动开始录制。只要iMovie
的影像格式与摄像机格式一致，导入过程将
很完美。

2．节目录制好后，拔下摄像机的连
接，把它拿到电视机前。将摄像机的输出电
缆连接到电视机的输入接口（视频在左、音
频在右）。现在，你可以坐下来观赏你的工
作了。

祝贺你成功地将剪辑、整理过的影像
短片和配音从电脑上导入摄像机并在电视
上观看。太好了！

在摄像机分享窗口，你可以把这部分
影片作为一个文件夹来保存并把它刻成DVD以备后
用。记住，从影像文件夹中下载影片并把它刻成DVD
或CD，和把你的影像资料整理成DVD可播放影片是
不一样的。当你制作DVD影片时，你的影片被压缩成
DVD MPEG影像流并经过一系列的整理步骤，它在剪

存储性能仍然在迅速
发展，现在Blu-ray HD-
DVD已经面市。

合章影片　**147**

辑程序中是打不开的。

小帖士：

确定你放入摄像机中的录影带上没有你已经录制好的、有用的影片。录影带很便宜，在把影片重新复制回摄像机时，最安全的方法是永远使用新的录影带。

刻制DVD

下一个重要步骤，是将你的影片变成可以在室外或不用电脑观看的格式。作为DVD可播放影片来分享你的成果，是保持影片质量和便于使用的最简单的方式。几乎每个家庭都有DVD播放机，而且几乎所有比较新的电脑都自带DVD刻录机和播放器。

在Movie Maker上制作DVD

在Windows窗口上的"Save Movie Wizard"程序是直接进行的，它为你提供了一些简单的操作步骤来制作DVD。与其他现有软件比起来，用Movie Maker比较受限制。但是，如果你所要的只是为西雅图的乔治大叔制作可以在电视上播放的影片，你可以使用这种方式。

在把DVD寄给你的父母、老板或同事前，永远要记住自己先看一遍，以便能发现一些错误和不该播放的东西。

1. 在制作DVD前，将影片整理和保存。

2. 如果你有DVD能够识别的刻录机，DVD窗口对影像的输入表现得很积极，你可以为DVD和影片命名。

标题会出现在DVD上，而且当人们回放时，能够在菜单屏幕上看到它们。

3．确定你选择了正确的DVD刻录机以及要制作的份数。开始，我会只刻一张DVD，不要一下刻10张而后来却发现你拼错了自己的名字或者有更糟糕的事情发生。

4．点击制作DVD（Create DVD）选项，等待程序自己完成该操作。

5．退出DVD，然后插回到电脑上，看Windows Media Player或其他的DVD播放机能否打开新制作的DVD。如果你使用过时的软件或你的电脑很旧，再或者是使用了不合适的DVD录制速度，电脑将不能打开DVD。录制过程在level软件中被简化。但是，相信我，这里有一些非常复杂的因素在里面。你要花费很多努力来刻录你的第一张DVD，但不要气馁。

刻录Apple iDVD

Apple的iLife软件包使用方便。使用剪辑过程中的DVD章节记号，可以整理iMovie并刻成很好看的DVD。为什么这很有帮助呢？好吧，举个例子，假如你沿海岸旅行，你可以使用该程序在DVD上自由地穿梭于旅行中的各个不同的城市或浏览重要的场景。

1．选择章节表（Chapter Tab）〉添加标号（ADD marker）（在现在的播放点上）。它把章节标号加到一个表格中，该表格允许你添加标题或场景名称。如果在假期旅行中你有许多个场景或很重要的电影画面需要尽快地存取，这就是一个非常得心应手的工具。当你保存iMovie时，所有的章节记号或标号都和该项目一齐保存下来。

2．影片做好，修改错误并对重要部分添加章节标号后，在菜单栏选择分享（Share）〉iDVD，并打开iDVD程序。现

小帖士：

确信你有空白的DVD盘，它有两种标准：DVD+R和DVD-R。如果你有一台旧的刻录机，在去商店之前，要弄清楚它识别哪种标准的DVD。我高兴地告诉大家，新型刻录机两种标准都能识别。

在，你可以设计影片的片头和导航按钮。

3. Apple 有很多公开的菜单可以购买或租用，比如你在好莱坞电影开头看见的那一类。浏览主菜单上的所有"主题"（Themes），选择一个你喜欢的。

4. 在主题窗口确定了整体面貌和感觉后，打开菜单栏窗口，到你要插入静态图像和影片的区域。也可以选择自动添加（Auto fill），影片的影像片断将自动插入。用"Reflection"主题试验一次，看看效果能有

如果你能重视学习基本原理和使用正确的设备，你做出的影片质量将会与你在电影院看到的一样好。

多么令人震惊。

5．如果你想插入自己喜欢的图片和电影元素，点击要插入的区域，从表格中选择多媒体（Media），你会看到iPhoto iTune的媒体库。只要从媒体库中选择一幅照片或影像，然后点击应用（Apply）即可。

6．点击按钮（Button）表格上的按钮，你可以改变按钮使用的形状、风格及颜色。

7．在对DVD进行微调的过程中，通过点击主窗口上

的主界面按钮，你能很容易地边工作边预览地进行操作，或观看影片的实际结构及各部分之间的连接。

8．现在，点击刻制DVD（Burn your DVD）将影像刻录到电脑的内部装置或外接驱动装置。

9．在返回或准备刻录新的DVD时，一定要记住保存你的影片和DVD项目。

在E-Mail上分享影片

把新的数码影片作为附件发送是可能的，但是，要记住一条："你希望别人怎么对待你，那你就同样地去对待别人。"假如你给一个没有高速因特网连接的人发一个很大的数码音像文件，你可能会冻结他们的电脑，让他在无尽的等待中失去耐心。

Windows Movie Maker 和Apple iMovie 都有为方便发送电子邮件附件而缩小影片大小的简单步骤。Windows系统能够发送WMV格式的影片，但遗憾的是，它拒绝Macintosh用户观看，除非他们在QuickTime播放器上安装了WMV插件。Apple的iMovie制作QuickTime影片作为附件，不过，大多数的Windows用户都安装了QT。如果没有，可在Apple网站免费下载QuickTime。网址：www. apple.com/quicktime/download/win.html。

在因特网上分享影片

不久前，制作影片并在网上播放的想法意味着要有一个超级速度的因特网链接和价值数千美元的流媒体影像服务器。现在，随着高速因特网链接——伴随着一些流式传输影片服务器的问世——影迷们可以用很少的费用提供自己的影片。把它与Apple H.264和 Windows WMV codec 结合起来，你能理解这种流媒体影片的质量是怎样赢得了每个人的青睐。

如果你有宽带因特网链接，只需对在iTunes上的流媒

体影片的预告片进行抽样检查。我的意思是，这些短片
将以非常高的质量和清晰度在流媒体上播放。我们大多
数的人没有时间或兴趣建立自己的流媒体网站来共享影
片。但是，我已经开发出了一些很有趣的、可供选择的
场景。如果你还没有，到YouTube.com 和MySpace.com或
BrightCove.com看一看。

在Movie Maker和iMovie上都有可以把影片数据格式
化为适合网上使用的尺寸和数据流的共享选择。在iMovie
开发一个能够上传或下载自己制作的影片的网站是很容易
的，因为它将把你转到iWeb。在那儿，你立刻就可以用其
中的影片制作一个网页。如果你有.Mac 账号，你可以公布
你的网页，人们在那里就能观看你的影片和静态图像等。

制作网上影片

在我做过的发行影片的所有梦想中，我从未想到会
有这么一天我能在一次"空中秀"中为蓝色天使（Blue

影片共享网站
是发布影片的最新
方式。

Angels，美国著名的飞行表演队）拍电影，并在当天向全世界发布。进入影像分享网站，它们不仅是你上传影片的地方，也是一种繁荣的文化现象。人们上网来得到他们需要的信息，同时看看世界其他地区都在放映什么影片。你在网上注册后，就可以把你拍摄的任何影片在YouTube. com或MySpace.com网上发表（这仅仅是影像分享网站中的两个例子）。

从下面的步骤你可以看到，你能很容易地把影片放到网上：

1. 只要你有办法从你的撷取装置上把影片下载到你的电脑上，而任何撷取数码影像的装置都能完成这一任务，这包括手机、数码相机，以及大多数小型摄像机。文件格式应该是AVI、MOV，或MPG。

2. 在Movie Maker或iMovie剪辑影片时，加上配音和音乐。如果可能，把影片控制在3分钟以内。对影片满意以后，用MPEG-4格式保存，帧宽不大于320像素。若将从Movie Maker 或iMovie下载的影片的大小重新设置并上传到YouTube.com时，你会获得最好的质量。一定要记住，把新的影片存在另一个文件夹中，以免覆盖原片。如果你上传到YouTube.com.的尺寸不对，YouTube.com.会重新确定其尺寸，并把它调整为自己的规格。但是，质量会比你自己制作得要差，且音频是MP3格式。

3. 在YouTube.com上注册账号（与在MySpace.com一样）后，你可以上传你的影片（上传是从你的电脑上发送数据到因特网，而下载是将数据从因特网输出到你的电脑上）。在上传到YouTube.com时，你可以对你的影片分类并选择合乎逻辑的关键词，以帮助人们找到你的影片。不要为了获得点击率而把一些与影片无关的东西或迎合潮流的东西拍到影片中。若是这样，在长期的运行中，你的影片会被拉入名单，而人们会认为你是一个有问题的人。

4. 这里所说的尺寸大小限制是100MB,长度为10分钟，在高速因特网链接的情况下，上传 1MB大小的影片文档可能要花费1到5分钟的时间。

在YouTube.com和其他类似的网站中，你经常会看到很多画质很差或拍得很糟的画面，因为谁都可以把自己摄制的影片上传至因特网。但是，也不乏会有好的、有趣的素材。

小帖士：

在计划为上传到影像分享网站上的影片增加音轨时，一定不要使用版权所有的资料。

袖珍播放器

能够携带一个信用卡大小的袖珍影片播放机到处走，至今仍然使我感到惊奇。媒体公司已经开始缩小他们的影片尺寸和影像程序，以便能够将影片下载到iPod或Zune并随时播放。这同样适用于符合网页要求的各种播客（Podcasts）。对于你们中间那些因有事儿离开一会儿的人来说，播客使用Apple的iTune服务器就能从因特网上下载的影音内容。

所以，作为一个专业摄像师这意味着什么呢？这是影片的另一条出路。

制作iPod影片

如果你在路上，你可以很容易地把iPod影像电缆连接到几乎所有的现代电视机上，并向你的朋友、客人放映你的数码影片。影片不是高清质量，但是如果你想轻装旅行，使用这种方法放映你的影片是非常好的。

1. 选择 Share>iPod。iMovie程序将影片压缩成Apple H.264格式，帧幅为320像素×240像素。

2. 压缩后，影片就存储在iTune媒体库中。在那里，你可以使影片与你的iPod视频同步。现在，你能向飞机上坐在你旁边的人，展示你假期中拍摄的影片或仅仅是自己观看。

iPods 和其他MP3设备今后可能会成为新的领域，你能从中下载影片并带在身边。

索 引

照片版权

除下列照片外，本书所有照片均由理查德·奥尔塞纽斯拍摄。

4, Jeff McIntosh/iStockphoto.com; 8-9, Randy Olsen; 12, Jason Roos; 13, Peter Marlow/Magnum Photos; 14, Newmann/zefa/CORBIS; 17, Bruno Vicent/Getty Images; 18-19, Peter Carsten; 21, Yang Liu/CORBIS; 25, Pixland/CORBIS; 28 (LO), Justin Sullivan/Getty Images; 33, Michael Nichols; 44, Michael McLaughlin/Gallery Stock; 46-47, Cheryl R. Zook; 48-49, Malte Christians/Getty Images; 51, Martin Puddy/Jupiter Images; 78, Martin Barraud/Getty Images; 91, Douglas Miller/Getty Images; 92-93, Dave Ruddick; 94-95, Bob Gomel/Getty Images; 101, Yuriko Nakao/Reuters/CORBIS; 106, Lesley Robson-Foster/Getty Images; 142-143, Bettmann/COR-BIS; 150-151, Fayez Nureldine/Getty Images.

图书在版编目 (CIP) 数据

数码摄像实用指南 /（美）奥尔塞纽斯著；秦镝译 .—北京：中国旅游出版社，2009.1

ISBN 978-7-5032-3586-3

I. 数…　II. ①奥…②秦…　III. 数字控制摄像机—拍摄技术　IV. TN 948.41-62

中国版本图书馆 CIP 数据核字 (2008) 第 181752 号

北京市版权局著作权合同登记号：01-2009-1320

责任编辑：潘笑竹　陶　然
执行编辑：陈晓华
装帧设计：刘定喜

书　　名：数码摄像实用指南
作　　者：（美）理查德·奥尔塞纽斯
译　　者：秦　镝
出版发行：中国旅游出版社
　　　　　（北京建国门内大街甲 9 号　邮编：100005）
　　　　　E-mail:cttp@cnta.gov.cn　　http://www.cttp.net.cn
　　　　　发行部电话：010-85166507 / 85166517
策划引进：北京时尚博闻图书有限公司
　　　　　www.book.trends.com.cn
印　　刷：北京国彩印刷有限公司
开　　本：889 毫米 ×1194 毫米　32 开
印　　张：5
版　　次：2009 年 5 月第 1 版
印　　次：2009 年 5 月第 1 次印刷
印　　数：1 - 6000 册
ISBN　978-7-5032-3586-3
定　　价：29.00 元